美文馆

小小说美文馆

故乡

牵着老牛去散步

主编 马国兴 吕双喜

郑州大学出版社
郑州

图书在版编目(CIP)数据

故乡:牵着老牛去散步/马国兴,吕双喜主编.—郑州:郑州大学出版社,2017.1

(小小说美文馆)

ISBN 978-7-5645-3669-5

Ⅰ.①故…　Ⅱ.①马…②吕…　Ⅲ.①小小说-小说集-中国-当代　Ⅳ.①I247.82

中国版本图书馆 CIP 数据核字(2016)第 309214 号

郑州大学出版社出版发行
郑州市大学路 40 号　　邮政编码:450052
出版人:张功员　　发行部电话:0371-66658405
全国新华书店经销
河南文华印务有限公司印制
开本:710 mm×1 000 mm　1/16
印张:10
字数:146 千字
版次:2017 年 1 月第 1 版　　印次:2017 年 1 月第 1 次印刷

书号:ISBN 978-7-5645-3669-5　　定价:25.00 元

编委名单

主　编　马国兴　吕双喜

副主编　王彦艳　郜　毅

编　委　连俊超　牛桂玲　胡红影　陈　思　李锦霞　段　明　孙文然　阿　莲　阿　康　荣　荣　蔡　联　徐小红　郭　恒

序

杨晓敏

书来到我们手上，就好像我们去了远方。

阅读的神妙之处，在于我们能够经由文字，在现实生活之外，构筑属于自己的精神生活。透过每篇文章，读者看到的不仅是故事与人物，也能读出作者的阅历，触摸一个人的心灵世界。就像恋爱，选择一本书也需要缘分，心性相投至关重要，阅读的过程中，你会发现他与自己的不同，而你非常喜欢，也会发现他与自己的相同，以至十分感动。阅读让我们超越了世俗意义上的羁绊，人生也渐渐丰厚起来。

在这个信息碎片化的网络时代，面对浩若烟海的读物，读者难免无所适从，而阅读选本无疑是一个不错的选择。从《诗经》到《唐诗三百首》再到《唐诗别裁》，从《昭明文选》到"三言二拍"再到《古文观止》，历代学者一直注重编辑诗文选本，千淘万漉，吹沙见金。鲁迅先生说过："凡选本，往往能比所选各家的全集更流行，更有作用。册数不多，而包罗诸作。"为承续前人的优秀传统，我们编选了"小小说美文馆"丛书。

当代中国，在生活节奏加快与高科技发展的影响下，传统的阅读与写作方式发生了深刻的变化，小小说应运而生，成为当下生活中的时尚性文体。作为一种深受社会各界读者青睐的文学读写形式，小小说对于提高全民族的大众的文化水平、审美鉴赏能力，提升整体国民素质，在潜移默化中起到了不可估量的作用。小小说注重思想内涵的深刻和艺术品质的锻造，小中见大、纸短情长，在写作和阅读上从者甚众，无不加速文学（文化）的中产阶级的形成，不断被更大层面的受众吸纳和消化，春雨润物般地为社会进步提供着最活跃的大众智力资本的支持。由此可见，小小说的文化意义大于它的文学意义，教育意义大于它的文化意义，社会意义又大于它的教育意义。

因为小小说文体的简约通脱、雅俗共赏的特征，就决定了它是属于大众文化的范畴。我曾提出，小小说是平民艺术，那是指小小说是大多数人都能阅读（单纯通脱）、大多数人都能参与创作（贴近生活）、大多数人都能从中直接受益（微言大义）的艺术形式。小小说作为一种文体创新，自有其相对规范的字数限定（一千五百字左右）、审美态势（质量精度）和结构特征（小说要素）等艺术规律上的界定。我提出的小小说是平民艺术，除了上述的三种功效和三个基本标准外，着重强调两层意思：一是指小小说应该是一种有较高品位的大众文化，能不断提升读者的审美情趣和认知能力；二是指它在文学造诣上有不可或缺的质量要求。

小小说贴近生活，具有易写易发的优势。因此，大量作品散见于全国数千种报刊中，作者也多来自民间，社会底层的生活使他们的创作左右逢源。一种文体的兴盛繁荣，需要有一批批脍炙人口的经典性作品奠基支撑，需要有一茬茬代表性的作家脱颖而出。所以，仅靠文学期刊，是无法垒砌高标准的巍巍文学大厦的。我们编选"小小说美文馆"丛书，是对人才资源和作品资源进行深加工，是新兴的小小说文体的集大成，意在进一步促进小小说文体自觉走向成熟，集中奉献出思想内容与艺术形式兼优的精品佳构，继而走进书店、走进主流读者的书柜并历久弥新，积淀成独特的文化景观，为小小说的阅读、研究和珍藏，起到推动促进的作用。

编选"小小说美文馆"丛书，我们选择作品的标准是思想内涵、艺术品位和智慧含量的综合体现。所谓思想内涵，是指作者赋予作品的"立意"，它反映着作者提出（观察）问题的角度、深度和批判意识，深刻或者平庸，一眼可判高下。艺术品位，是指作品在塑造人物性格，设置故事情节，营造特定环境中，通过语言、文采、技巧的有效使用，所折射出来的创意、情怀和境界。而智慧含量，则属于精密判断后的"临门一脚"，是简洁明晰的"临床一刀"，解决问题的方法、手段和质量，见此一斑。

好书像一座灯塔，可以使我们在瞬息万变的社会不迷失自己的方向，并能在人生旅途中执着地守护心中的明灯。读书是一种积极的生活情趣，一个对未来的承诺。读书，可以使我们在人事已非的时候，自己的怀中还有一份让人感动的故事情节，静静地荡涤人世的风尘。当岁月像东去的逝水，不再有可供挥霍的青春，我们还有在书海中渐次沉淀和饱经洗练的智慧，当我们拈花微笑，于喧嚣红尘中自在地坐看云起的时候，不经意地挥一挥手，袖间，会有隐隐浮动的书香。

（杨晓敏，河南省作协副主席，郑州小小说文化传媒有限公司董事长、总编辑，《小小说选刊》《百花园》主编。）

目录

孤独的庄稼

赵 新

赵庄稼大门前的荒地上长了一棵庄稼。也不知道是谁丢下的种子，也不知道那颗种子什么时候破土发芽，也不知道谁施肥浇水，也不知道谁呵护和照料，那棵庄稼蓬蓬勃勃地长起来了，枝繁叶茂，威武高大；现在它已经抱上娃娃了，仿佛当年女人有孕在身，赵庄稼喜不自禁，更加心疼它。

沟里村的赵庄稼已经六十二岁了。种了一辈子庄稼的赵庄稼，从未见过这样好的一棵庄稼。

饭前饭后，工余闲暇，端上一袋旱烟，老汉常常站在那棵庄稼跟前，观赏它粗壮挺拔的身姿，抚摸它舒展修长的枝叶，直看得如痴如醉。老汉现在是沟里村的清洁工，每天拿把扫帚在街道上打扫卫生，按月去村委会领钱，然后用那两千四百块钱的工资，买米买面，买油买菜，买这买那。

日子过得很舒服，很滋润，很享受，但是过得不踏实，一颗心吊在肚子里，怦怦乱跳，七上八下。他百思不得其解的问题是，沟里村的庄稼人一窝蜂地都去外地打工，怎么不种庄稼了呢？眼见大片大片的土地撂荒了，野草长得丈来高，怎么没人心疼呢？你也买着吃，我也买着吃，家家户户买着吃，要是有那么一天天底下的米面卖光了卖完了，人们该吃什么呢？

他去问村委会主任。年轻的村主任哈哈大笑。村主任说："姑父，你这

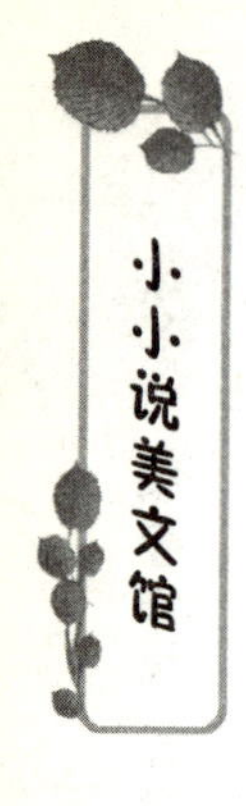

就叫作杞人忧天哪！人们出去打工，那是因为打工比种地挣钱；人们买着吃，那是因为手里有钱；而只要你手里有钱，你永远会有饭吃！"

他说："照你这么说，钱就是饭，钱就是粮食？"

村主任说："你真是，这还用怀疑吗？"

他不服："那，要是万一光有钱没有粮食呢？"

村主任说："姑父，你别钻牛角尖，别想入非非啦，好好打扫卫生吧。你要不是我亲姑父，能挣上那两千四百块钱的工资吗？你让别人多羡慕多嫉妒啊！"

他胡乱点了点头，心情却越发沉重起来。

只有见了那棵庄稼，老汉才会感到舒畅，感到明朗，感到踏实。老汉悄悄地发自肺腑地赞赏那棵庄稼："野种，你怎么长出来的？"

老汉拍手击掌，提高嗓门夸奖那棵庄稼："好家伙，你腰杆子真硬，你旱也不怕涝也不怕，风也不怕雨也不怕！"

正兀自念叨时，发现它的叶子上爬了一只虫子。那虫子又细又长，弓了腰快速蠕动，像爬在他的脊背，像爬在他的心上，他伸手把它拿住，用力一搓，那虫儿便成了一摊绿色的汁水。

说话到了白露节令，那棵庄稼上的娃娃已经长得比棒槌还大，一团红缨秀出来，丝丝缕缕，飘飘洒洒。老汉激动而又兴奋地把那娃娃摸了摸、按了按、捏了捏，上面的颗粒密密实实，娇娇嫩嫩，饱满圆润，又鼓又大！

老汉闻到了它的芳香：那芳香如酒，扑鼻而来，令他陶醉。

老汉看见了它的成熟：那成熟金光闪闪，像一道霞光，扮亮了秋天。

傍晚的时候，村主任来到了赵庄稼家里，伸手递上去一支香烟。

老汉正在吃饭，顾不上接那支香烟。

村主任说："姑父，就你一个人吃饭？"

老汉说："你姑姑撇下我走了，孩子们都在外头打工，可不是就我一个人吃饭！"

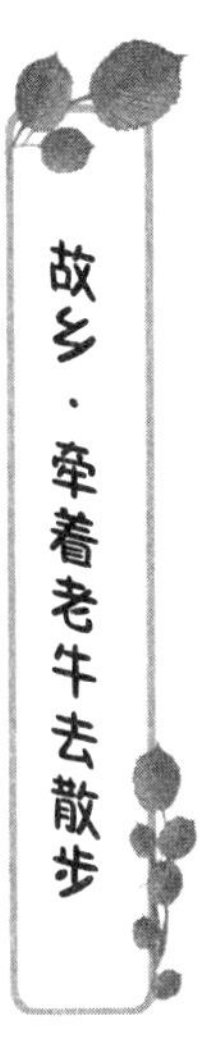

村主任说："姑父，我问你一个问题，你门前那棵玉米，是你的吗？"

老汉放下饭碗："这还用问吗？它长在我的地里，当然就是我的。"

村主任又给老汉递烟，老汉忙着刷碗，又没接。

村主任说："姑父，你把那颗棒子送给我吧，我儿子吵着闹着要吃煮玉米。孩子聪明啊，他知道这个时候煮出来的玉米又鲜又嫩又香又甜最好吃！"

老汉的心猛地一抖："那可不行。你到别处找去吧……"

村主任笑了："怎么会不行？你应该知道，咱们村只有你这一棵玉米，只有你这一穗嫩棒子，我到哪儿找啊？"

老汉说："不行就是不行！那穗棒子我要留下做种子，不能随便糟蹋了它！"

村主任说："姑父啊，你已经不种地了，还要种子干啥？"

老汉说："种，我现在就开始准备种，你别忘了我叫赵庄稼！"

老汉又说："想吃煮玉米还不好说，你有钱有车，你到城里买去啊。"

当天晚上，月光明媚，夜色如画。在缠绵的秋风里，赵庄稼披了一件厚衣服，坐在一张板凳上，聚精会神地守护那棵孤独的庄稼。有只萤火虫飘过来，欢欣鼓舞地绕着那棵庄稼转，而它好像睡着了，顶着满天露水，抱着硕大的娃娃。

老汉想，快了快了，再有十几天，我就可以收获，把这穗种子藏到我家。

老汉想，收获了这穗种子我就向村委会辞职，我还种我的庄稼。

竟迷迷糊糊睡着了，睡梦中漫山遍野都是好庄稼。

老汉是自己笑醒的。笑醒了，天亮了，那棵庄稼上没了那个娃娃。

没了娃娃它就越发孤独了，它也好像种庄稼的赵庄稼。

晌午的时候，村主任又来到赵庄稼家里。他说："姑父，我今天还真到县城去买嫩棒子，可惜白跑了，没有卖的啊；老人家，求求你……"

老汉说："你别求我啦，我的娃娃早丢啦，你不知道吗？"

过 年

赵 新

腊月二十九那天，等啊等啊等啊，等得日头落坡了，等到了大儿子大贵的一个电话。

大贵说："因为孩子正在市里的辅导班学习英语，时间很紧张，所以，原来说好的回家过年，行不通了。"

腊月三十那天，等啊等啊等啊，等得星星眨眼了，等到了二儿子小贵的一个电话。

小贵说："因为乡下太冷，怕孩子得感冒，所以，原来说好的回家过年的话，不能落实了。"

大年初一早晨，在一起过年的只有两个人，男人和女人。

女人说："他爹，吃饭！他们不回来，咱们自己吃！"

男人说："他娘，你把话说错了，跟前没有孩子，我是谁的爹呢？"

女人眼里就有了汹涌澎湃的泪水，就哽咽着嗓子说："那，我是谁的娘呢？"

男人笑了："别哭，过年哭不吉利！你也五十多岁了，我就叫你老太太吧！"

女人揩了揩眼泪："那我就叫你老汉！老汉，喝酒，吃饭！"

男人喝得魂不守舍，吃得心不在焉。男人很快就把筷子放下了。

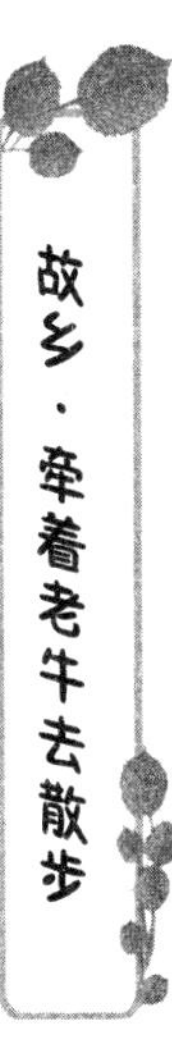

男人说:“老太太,不是我挑理,你这做饭的手艺是大大倒退了啊。第一,羊肉饺子不香,吃着像嚼木头;第二,排骨没有炖好,吃着像啃砖头;还有这酒,又辣又苦……哪像前几年,菜也香喷喷,饭也热腾腾,孩子们红红火火抢着吃,我高高兴兴喝不够,那才叫过年哩!”

女人知道男人为什么吃不下,喝不下。女人借个理由说:“老汉,可能是我疏忽大意,有的菜忘记搁盐了,凑合着吃吧,今天过年哩!”

男人说:“你也吃呀。咱们使劲吃,咱们不想那两个驴货!”

女人说:“看你说得难听的!你是爹,咋能这样骂儿子?”

女人也觉得这饭没滋没味,吃得心里很烦很苦很凄惶。女人开始刷锅刷碗洗筷子,又拿了一块抹布擦桌子。女人忽然看见男人坐在那里睡着了,袖着手,低着头,一丝涎水垂下来,明光闪亮,晃晃悠悠,拉了好长,就使劲咳嗽了一声,男人醒了。

女人打开了电视。电视里正唱正跳。

男人说:“不看不看,太吵太吵!上面又没有咱们家的人,还老是那么两下子!”

男人起身出去了,不久又回来了。

女人说:“今天过年哩,你没串个门儿啊?”

男人说:“串了。人家都是一家一屋的,坐得团圆,说得热闹,我去谁家都是多余的一个,都让人家冷场,明白了吗?”

女人点了点头:“街面上不是有锣鼓队么,你是打鼓的老手,你没……”

男人说:“鼓我也打了,锣我也敲了,就是心里长了草,赶不对点儿!哪像前几年,孙子爬在我背上,我还照样敲鼓打锣!”

女人没话了。一只蟋蟀在温暖的灶台上很嘹亮地唱起来,那曲儿活泼热烈,和谐亲切。男人眉开眼笑,也跟着那虫儿哼哼;可是他一哼哼,那支曲儿停了。

女人说:“老汉,你那破嗓子吓着孩子了,不会小心些?”

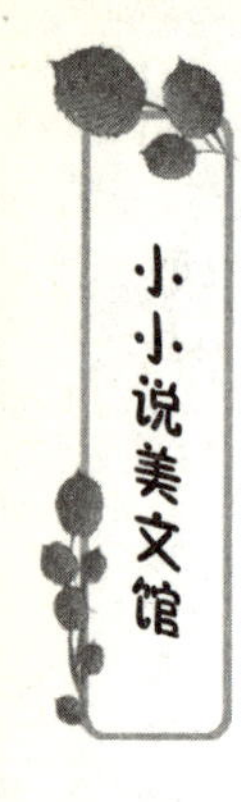

男人心里一震，落下两颗泪珠来：老天，那虫儿竟是他们的孩子了。

太阳升起来，新盖的房子里一片明亮，一片光鲜。男人坐也不是，立也不是，躺也不是，睡也不是，忽然一阵焦躁，一脚把地上的脸盆踢翻。

女人说："老汉，别闹腾啦，咱俩打扑克吧！"

男人说："你会打？"

女人说："我只会那种老式的玩法，两个人在一起捉王八！"

男人高兴了："捉王八就捉王八，总算有个玩头儿！咱们家里有扑克，会捉就行！"

女人又犹豫了："不过，捉住你了，可不好，你是男人……"

男人说："咱俩玩儿哩，又不是真的；咱不说，谁知道？"

女人说："还有一点儿要注意，扑克牌里的大龟不能叫大龟，要叫大王；小龟不能叫小龟，要叫小王。因为咱们的孩子叫大贵、小贵，一提大龟、小龟，心里不是滋味！"

那只蟋蟀又很嘹亮地唱起来，曲儿活泼热烈，和谐亲切。

男人悄悄地说："老太太，拿牌；我听那虫儿叫唤，心里感到热乎、甜蜜！"

女人悄悄地说："老汉，拿牌，你声音小点儿，千万别惊动了孩子！"

两个幸福的女人

赵 新

说的是两个女人,她们一个叫喜巧,一个叫巧喜。说这两个女人的时候,也就牵扯到了两个男人,他们一个叫庆福,一个叫福庆。

今年正月初三,我先进了喜巧的家门。我是从保定回到乡下老家过年的,我想各家各户都走走都看看,给他们拜个年,和他们说说话,不管他们赵钱孙李,不管他们辈分大小,反正走到谁家都是我的乡亲。

喜巧住的是五间北屋,房子还是老房子,土坯做墙,木头做梁,方格窗户用白纸糊了,贴着像一团火一样的窗花。看见我进了院里,喜巧忙从屋里跑出来,欢天喜地地把我拉进屋里。屋里没有沙发,只有古朴的板凳,她怕我坐着凉坐着硬,就把我推到烧得很热的炕上,然后给我剥花生吃。

她剥一个花生,递给我两颗花生豆,再剥一个,又递给我两颗花生豆,好像我是一个孩子。

我说:“你们家庆福呢?”

她说:“二叔,他苦,他到山上放羊去了,大年初一他也舍不得歇着。人家说他是放羊汉,绕山转,喝凉水,啃羊蛋。其实他喝凉水可以,羊蛋他可不敢啃。一是舍不得,二是没法下嘴呀!”

说完了,她哈哈大笑。

我知道庆福脾性绵和,做人厚道,一事当前,先为别人打算。我在回家之后就听到了这样一个故事:去年冬天他赶着羊群上山放羊时,在路上拾到了两万块钱,他被这两万块钱吓了一跳,拿在手里数了好几遍硬是数不清楚。结果那一天他没有上山放羊,他一直站在路边等着,等得天要黑了,等得北风刮大了,等得阴沉的天气落雪了,等得他的一只可爱的羊羔被冻死了,福庆才慌慌地寻了过来,说是把钱丢了。庆福把钱还给他,然后赶起羊群往回走,怀里抱着那只死去的羊羔。福庆说:“庆福,你把那只羊羔送给我吧,反正它也死了!”庆福说:“你要它有什么用处?它还太小!”福庆说:“小才嫩呢,我听说吃羊羔肉能治高血压,我媳妇的血压就很高!”庆福说:“既然能治病那就给你吧,我本来准备把它埋掉!”结果是福庆自己炖了一小锅羊羔肉吃,还用那张皮做了一顶防寒抗风的羊绒帽。

我问喜巧这事是真是假,喜巧说:“当然是真的,不是真的就不是我们家的庆福而是福庆了。我们拾了钱,做了好事,耽误了放羊,还倒贴了一只羊羔!”

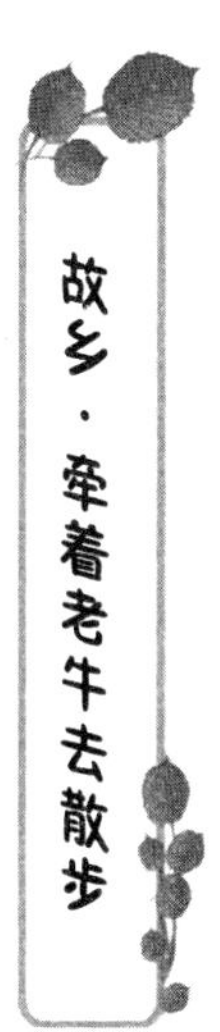

我说："喜巧，那你后悔吗？"

她说："后悔是不后悔，就是心疼那只羊羔！二叔，我和你说心里话，我这一辈子有两大幸福两大骄傲。第一，我找了一个好男人，跟着他过我吃得香甜，睡得踏实，从不做恶梦，从不怕遭到别人的算计，因为庆福把生活的道路铺得很宽阔，很平坦，不管什么时候，我都是一副好心情；第二，我有两个好儿子，他们是双胞胎，大儿子去年考上了大学，二儿子去年也考上了大学。你别看我们光景穷了点，住的是土房，睡的是土炕，可是我们有指望，所以我老是偷着乐！"

她一口气把话说完，脸上的表情很生动，眉眼间飞扬着蓬蓬勃勃的喜气。

告别了喜巧，我来到了巧喜家里。因为福庆在村里开着好几个铁矿，当了多年的老板，巧喜住的是一栋三层小楼，宽敞明亮的客厅里家什一应俱全，一派现代化的气息。福庆叼着香烟正在和人打麻将，见我去了，抬了抬屁股，算是打了招呼；巧喜笑吟吟地立起身来，把我领进另一间屋里。

巧喜和喜巧同岁，都是四十有二，但巧喜满身的珠光宝气，把她衬托得十分年轻。

巧喜先给我泡茶。巧喜说："二叔，你尝尝，这茶是碧螺春，特好喝！"

巧喜接着给我敬烟。巧喜说："二叔，你抽烟，这是大中华，他们说特香！"

巧喜又给我剥糖。巧喜说："二叔，这是高级巧克力，特甜！"

她围着我转了几个圈，有风轻轻地飘起，满屋子都是香气。

我说："巧喜，年过得好么？"

她说："好，好！二叔，我跟你说心里话，我们今天的日子是想到的都有了，想不到的也有了，该有的都有了，不该有的也有了。我很幸福。我们家福庆可不像庆福那样呆，他脑瓜好使，花出去一个钱，准能赚回来两个钱，甚至十个钱。赔本的买卖我们不做，你想呢？"

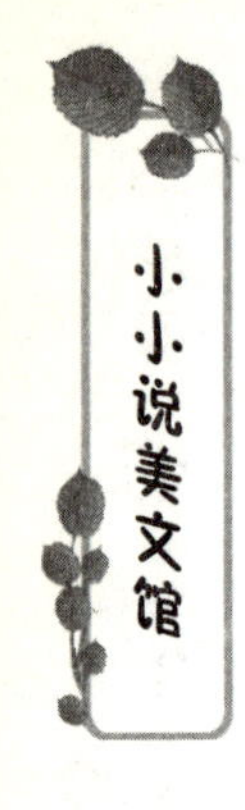

我说:“巧喜,你们家的孩子呢? 也该上大学了吧?”

她说:“我们家的孩子没上大学,他上到初中就不上了。他现在给他爹当助手,一个月能挣五六千块钱。上大学不就是为了挣钱吗,我们这是一步到位!”

这时候进来一位十七八岁的女孩子,笑着一张脸,请示巧喜中午的饭怎么做。巧喜告诉我这是她家雇的保姆,本村人。巧喜留我在她们家吃午饭,说可以用茅台和五粮液招待我。

我说:“我还想串门呢,你们的酒我以后再喝。”

晚上,村剧团给乡亲们演出文艺节目。我赶到戏台底下时,喜巧正和另外三个女人在舞台上演出,节目的名字叫作“四个老婆夸老汉”。

喜巧唱道:“俺老汉是个放羊汉,喝凉水来吃凉饭,善良厚道心眼好,奉公守法是模范。别看俺现在日子苦,以后光景比蜜甜!”

她嗓音浑厚,作戏认真,因此赢得满场喝彩。

我的身边正好站着巧喜,巧喜说:“这破戏,还有人叫好,还两口子都上去了,丢人现眼!”

我细细一看,原来喜巧的男人庆福也在台上,他在乐队敲鼓打锣。

立夏

伍中正

画梅决定立夏那天杀死宋三木家的狗。

宋三木家的狗太凶了,见了鸡就咬,画梅家的鸡也难逃劫难。

那条狗咬过画梅家的鸡。

画梅男人出去打工前,她就跟男人承诺,男人回来的时候,就能吃到她自己喂的鸡。鸡还小的时候,她怕被黄鼠狼吃掉,把鸡放在屋里养着。鸡一大,画梅才放心把鸡放出来刨食。

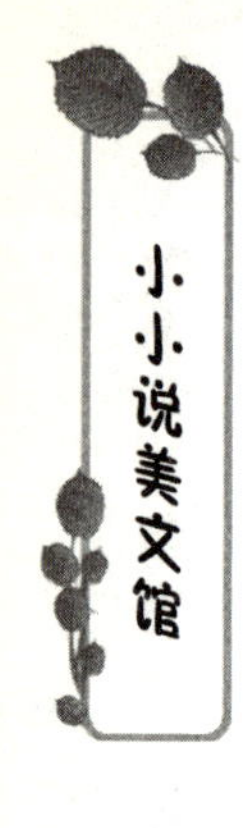

画梅总共喂了三只鸡，一个星期不到，她的三只鸡就被宋三木家的狗全咬死了。有一只鸡被咬死后，那条狗还叼着回三木家的禾场上放肆地撕扯。

画梅很生气，跑到宋三木家要讨个说法。

宋三木说："狗要咬鸡，况且狗是在外面咬的，我们也没有办法。"

宋三木说完，还望望女人的脸色。

画梅觉得很委屈，再不喂鸡，反正喂也白喂。

画梅躲在屋子里哭，哭自己好端端的鸡就那么被狗咬了。哭完，她就打电话告诉在外打工的男人，自己喂的鸡让宋三木家那挨千刀的狗给咬死了。

男人就在电话里说："等我回去杀了他家的狗。"

宋三木家的狗除了咬鸡之外，还咬过人。

那条狗咬过画梅。画梅那天走到宋三木门口，那条狗蹿出来，下口很厉害，在画梅的腿上用力咬了一口。那一刻，画梅感到钻心的疼。腿上，很快流了血。

画梅跛着腿找到宋三木，说："你家的狗咬了我，得赶快送我到卫生院打针，还得给打针的钱。"

宋三木的女人站出来，指着画梅的鼻梁说："我家的狗，又没有跑到你家咬你，要出打针的钱，凭啥？"

画梅眼里就噙满了泪。画梅受着宋三木女人的气，还要忍着疼。

画梅就在卫生院打了针。打针的是个长着小眼睛的男医生，打针前，他轻轻摸了她的手，打完针，同样，摸了她的手，轻轻的。这让画梅很反感。

回到家，画梅在屋子里哭，哭自己白白的腿就那么让狗咬了。哭完，她就打电话告诉在外打工的男人，自己的腿让宋三木家那挨千刀的狗给咬了。

男人就在电话里说："等我回去杀了他家的狗。"

听了男人的话，画梅的脸色才好起来。

画梅一共要打五针，历时一个月。每次打针，卫生院的小眼睛男医生总是跟她开半荤半素的玩笑。

在打完第五针后，画梅把她的反感表现出来。她吼："臭不要脸的！再敢摸我的手，老子跟你没完！老子跟你没完！"

那天，画梅的吼声惊动了整个卫生院。

画梅径直走出理疗室，弄得小眼睛男医生傻傻地站着。

画梅从卫生院回来，就有要杀死那条狗的想法。她把这个想法藏在心里。宋三木看护那条狗非常小心。他分早晨、中午、晚上三个时段唤那条狗，那条狗听到唤它，就会立马回到家里去。

离立夏还有两天。画梅渐渐忘了腿上的伤痛。她发现宋三木家的那条狗经常无意识地跑到她的禾场，找一块干净的地方躺下来，晒太阳，抖虱子。画梅还发现，无论是宋三木唤，还是他女人唤，那条狗都不像以前那样立马回去了。画梅觉得杀死那条狗的机会，简直就是老天给的，也是那条狗给的。

离立夏还有一天。画梅想过用一种工具杀死狗。她想用铁锹，苦于铁锹的把太短；她想用扬叉，怕扬叉一下叉不死。她想选择用锄头，觉得用带长把的锄头就可以杀死那条狗。拿出锄头，她看见锄头口有些锈了，就把那把锄头的口磨得雪白。

磨完锄头，画梅看见那条狗躺在她家禾场上。

立夏是一个充满哀号和溅洒狗血的日子。早晨，那条狗在画梅家的禾场上就躺下了。

宋三木在家唤狗。那条狗不耐烦地站了起来，低着头走回去了。

不到中午，那条狗再次来到画梅的禾场上。那条狗在禾场上假寐。

画梅轻轻走过去，扬起手中的锄头。一锄落下，狗就开始了哀号。接着，画梅手中的锄头，雨点般落下。狗的哀号渐渐地小了。狗血在地上走动，然后就走不动了。

画梅有一种复仇的快感传遍全身。她把那条狗，拖到屋后的山上，埋了。

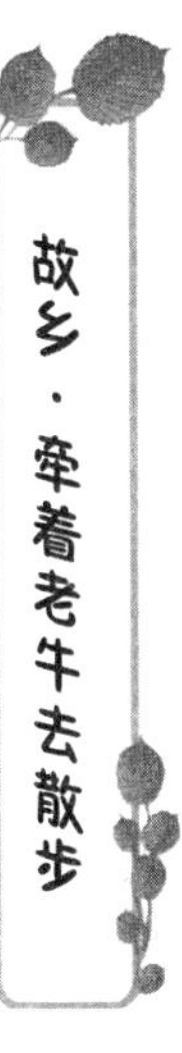

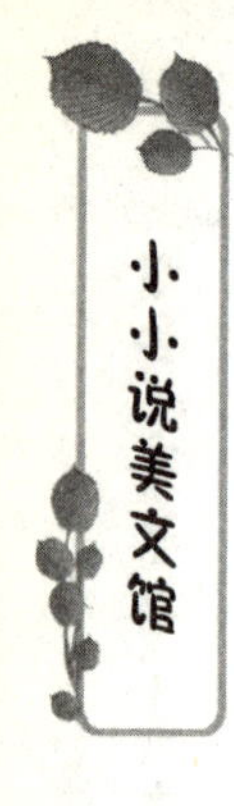

回到家里，画梅给在外打工的男人打了电话。画梅说："我把那挨千刀的狗给杀了。"

起初，男人不信。在电话里说："画梅，你还杀得死一条狗？"

画梅说："真的，那条狗，我拖出去埋在了后山。"

男人说："画梅杀得死一条狗。"男人信了。

立夏的太阳明晃晃的。

中午，宋三木跟女人一起唤狗。

中午，宋三木跟女人分头找狗。

下午，宋三木跟女人一起找到了治保主任。

下午，治保主任来到画梅家。

治保主任问："画梅，你怎么就杀了宋三木家的狗？"

画梅说："我怎么就不能杀了宋三木家的狗？"

治保主任问："你怎么杀得了宋三木家的狗？"

画梅说："我怎么就杀不了宋三木家的狗？"

渐渐地，画梅的声音高过了治保主任的声音。

渐渐地，画梅院子里，立夏的光线就暗了下来。

处　暑

伍中正

芝麻在疯狂地绿着,每一株芝麻上,都有结的荚和开着的花朵。

许仙最喜欢这个时节的芝麻,也最喜欢这个时节的芝麻地。她喜欢一天两次地走到芝麻地去,上午一次,下午一次。她要看着那些芝麻生长,看着那些芝麻成熟。

芝麻地非常安静。一株株芝麻立着。

许仙在芝麻地发现了男人出轨的行为。在此之前的任何一个地点、任何一个时间,她都一直坚信自己的男人不会有出轨的想法,不会有出轨的行为。许仙在那种安静里,非常快地找到了平静自己内心的事物,那就是一株株芝麻。

每一株芝麻都长着眼睛和耳朵。男人跟另外的女人在地里安静地坐下来。在他们坐下来之前,女人的脚慌乱地绊倒了几株健壮的芝麻。男人说:“小心点儿,不要绊倒了芝麻!”

女人大胆地靠在男人怀里,开始了处暑那天简短的对话。

女人说:“今天是啥日子?”

男人说:“处暑。从今往后,天气就没那么热了。从今往后,炎热的夏天就要结束了。”

女人说:“我跟你好了几年?”

男人说:“好了三年。”

女人说:“往后,还想不想继续好?”

男人说:“想。”

女人说:“往后,你的心里除了许仙之外,还有一个我,做不做得到?”

男人说:“做得到。”

靠在男人怀里的女人亲了亲男人。男人让她亲。周围站立的芝麻睁着眼睛,张着耳朵。

在离男人跟女人坐的地方不远,许仙看看天。她看见了天上两团靠不到一块的云。许仙又看看芝麻地,轻轻地抬起了腿。

身后的芝麻地依然非常安静。

许仙离开芝麻地时,中午还没到。

中午,许仙回到了家。男人也回到了家。

许仙问男人:“去了哪里?”

男人说:“去了镇上,跟一个收芝麻的老板说,往后,我们那地里的芝麻

收回来，全部卖给他。”

男人语气非常平静地回答。

许仙问：“还去了哪里？”

男人说：“没去哪里，跟老板说了芝麻的事就回来了。”

许仙很平静地问着，男人依然很平静地回答着。

许仙说：“中午睡个午觉；下午，去芝麻地看看芝麻。”

男人说：“下午看看芝麻，中午睡午觉。”

许仙醒来，男人也醒来了。

许仙出门，男人也出了门。

许仙走前面，男人走后面。那块芝麻地就在他们的眼前。

许仙回头，看见男人在后面，脚步有些迟缓。

许仙问：“中午没睡好？”

男人说：“睡好了。”

许仙说：“快到芝麻地了，加快脚步。”

男人就加快了脚步。

芝麻地就在他们的眼里。下午的芝麻，吸足了阳光的能量，吸得过饱，每一株芝麻的叶都有点儿蔫的迹象。在许仙的眼里，所有的蔫芝麻叶，经过夜露，明早又会新鲜过来。

在离男人上午坐过的地方不远，许仙说：“不走了，坐下来。”

每一株芝麻都微睁着眼睛，微张着耳朵。

男人就坐了下来，许仙依偎在男人怀里，开始了处暑那天的对话。

许仙说：“今天是啥日子？”

男人说：“处暑，从今往后，天气就没那么热了。从今往后，炎热的夏天就要结束了。”

许仙说：“我跟你好了几年？”

男人说：“好了十三年。”

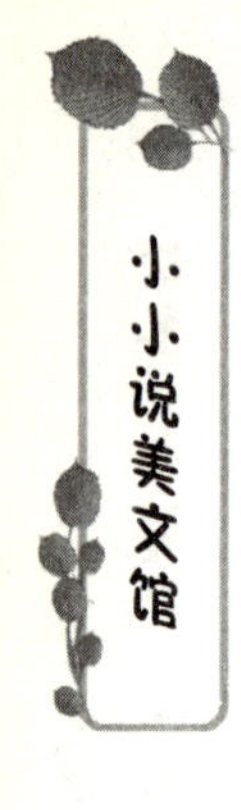

许仙说:“往后,还想不想继续好?”

男人说:“想。”

许仙说:“往后,你的心里除了许仙,再不能有别的女人,做不做得到?”

男人说:“做得到。”

许仙的眼中噙着泪水。许仙噙着泪水,在男人的脸上亲了一次。男人让她亲。

许仙说:“不亲了。”

男人说:“不亲了。”

许仙站起身,拉着男人的手,走到了上午男人跟女人坐的地方。那些绊倒的芝麻再也没有站起。

许仙对着男人说:“哪个缺德的,在地里撒野,绊倒了芝麻。”

男人没有回话。男人的头低了下来。

许仙说:“当家的,再发现哪个在地里撒野,糟蹋了芝麻,你就打,我就骂,一点情面也不留。”

男人还是不说话。

许仙问:“当家的,你怎么不说话?莫非是你糟蹋的?”

男人说:“许仙,有些话回去再说。”

夜凉如水。男人跟许仙躺在床上。

男人说:“许仙,我瞒着你,在地里跟镇上收芝麻的女老板好过一次,往后再不跟她好了。”

许仙问:“当家的,你做得到?”

男人说:“做得到。”

男人接着说:“往后的芝麻,她就是出再高价,我们的芝麻也不卖给她。”

许仙的眼里噙着泪。

很久了,传来许仙的声音:“当家的,收心了就是,睡!”

处暑夜,夜凉如水。

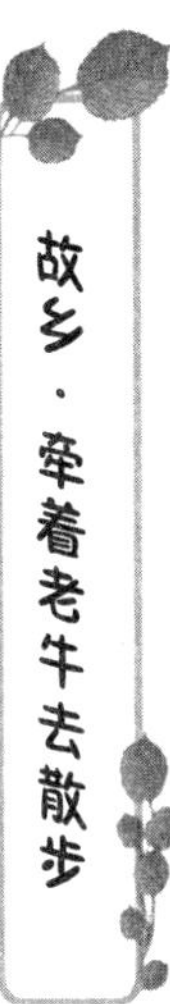

瘸羊倌儿

羊倌儿可能是世界上最小的“官儿”了。

羊倌儿所领导的，不过是一群性格温和、胆小怕事的羊而已。夏天的时候，羊倌儿一个人忙不过来，生产队会给他配一个小羊倌儿，但常常是未成年的孩子，或者是智力不怎么健全的人。

平时，大家都在为一张嘴忙，羊倌儿一个人在山上干些什么，谁都不去关心。只是人们在说起他的时候，往往会叹一口气，说：“唉，整天风里来雨里去的，可真不容易！”这便是对羊倌儿的最高评价了。

却有一个羊倌儿例外，他竟然在这个最小的“官位”上，干出了惊天动地的事情。这人还是个瘸子，大人孩子都喊他“瘸羊倌儿”。

起初，瘸羊倌儿在村里见人矮三分。他已经四十多岁了，可是由于瘸，由于丑，由于这职业，他连个媳妇儿都娶不上。有人说他实在憋急了，山上的母羊就会遭殃——估计多半也是玩笑话吧——反正瘸羊倌儿在村里的形象，是十分猥琐的。

可是忽然有一天，瘸羊倌儿请假去了一趟县城。回来的时候，他那身肮脏的行头不见了，取而代之的是当时最流行的涤卡布制服衣裤，而且他的手腕上，居然戴了一块金光闪闪的手表！这一下全村人的眼光几乎都被拉直

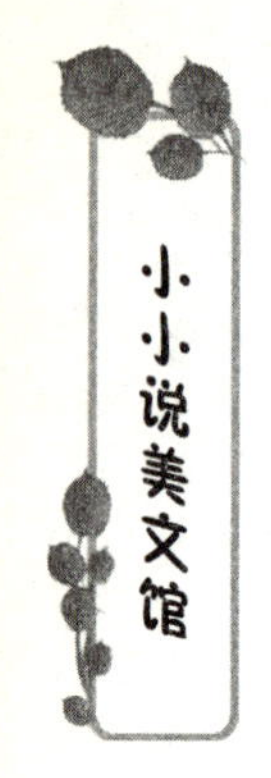

了。当晚，平日冷落寂寥的羊圈屋人头攒动，男男女女来了一大群，人人都以惊异的目光重新打量瘸羊倌儿，听他神吹他在山上放羊捡到一块狗头金的故事。从此，瘸羊倌儿人气急升，他的羊圈屋不仅成为青年后生的聚集地，也成为风流女人喜欢光顾的地方。

瘸羊倌儿这个只能和母羊谈情说爱的老光棍儿，居然有了艳遇。

我家离羊圈屋较近，那天后半夜我起来解手，忽然闻到一阵肉香。在那个饥饿的年代，除了逢年过节，谁能有肉吃啊！我的脚步不由自主地向羊圈屋移去。透过门缝，我看见村里最漂亮的寡妇吴艳丽正衣衫不整地坐在炕上，由瘸羊倌儿一口口地喂她肉吃。每喂一口，就在她的脸上亲一下。吴艳丽不但不恼，还咯咯地笑。

瘸羊倌儿说："只要你跟我好，保证你经常有羊肉吃……"

第二天，我把夜里看到的情况跟爹娘说了。爹说："人都说羊倌儿放三年羊就会下羊，看来这事是真的。狗日的瘸羊倌儿，照这样他早晚会出事。"

果然过了不久，瘸羊倌儿在羊圈屋煮羊肉还和村里妇女乱搞男女关系的事情被反映到了队长那里，队长起先还发疯似的要一查到底，后来却不了了之。据说瘸羊倌儿夜里给队长送去半扇羊肉，把他摆平了。

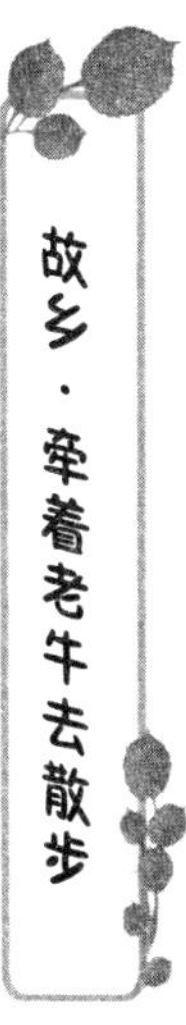

瘸羊倌儿有了靠山，在村里更“胀饱”了。他放出话风来，说他马上要在村里盖三间大瓦房，再娶个黄花闺女进门。他还吹嘘说：“钱，老子有的是。山上有个地方，狗头金多了去了，老子想用多少就拿多少！”

瘸羊倌儿这么一吹，还真有黄花闺女要嫁给他，媒人踏破了他的门槛。一个曾经臭不可闻的老光棍儿，居然开始挑三拣四起来。

这样的光景持续了两三年，村里来了工作队。他们根据群众反映，对瘸羊倌儿进行了隔离审查。瘸羊倌儿开头还嘴硬，说他的钱就是捡狗头金换的。让他去指认地方，他却又支支吾吾。工作队就召开大会，发动群众批判他，要他坦白交代。瘸羊倌儿实在扛不住，只好交代罪行。

他说：“哪里有什么狗头金，钱全是贪污捣鬼弄来的！”

他说：“我使的办法就是虚报羊数。比如有的母羊一次下了双羔，我就只报一只，另一只就是我的了；再比如有的羊根本没死，我说死了，那么这只羊也是我的了。我有了几只羊以后，大的下小的，小的再下小的，几年就成了一群。怕被发现，就放到别的羊群里养着，有机会卖一只两只，钱就来了。想吃羊肉了，随便杀上一只就是了……”

他说：“我该死，我老不要脸，我干了不少不是人干的事儿……”

瘸羊倌儿的供述令人目瞪口呆，谁也想不到一个羊倌儿竟有这么大的猫腻！

工作队立即宣布撤销他的羊倌儿职务，并吸取教训，从此配备两个羊倌儿，让他们互相监督，类似事件再没发生。

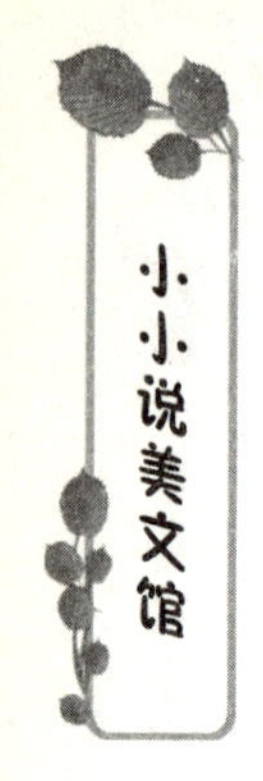

阴阳眼

申 平

阚老二天生一双阴阳眼，这是在他十岁那年被发现的。

那时，人民公社正在大办食堂，一开始人们都抢着往死里吃，后来就限量。有饭量大的人，吃不够，夜里就去大食堂里偷着吃。

有贼就得抓。阚老二他爹是生产队长，便组织民兵夜里去蹲守，阚老二也跟着去凑热闹。可是他们一连蹲了三天，贼毛也没有抓住一根，但剩下的饭菜还是天天减少。

阚老二他爹这天亲自上阵，带人守在食堂门外听声。

夜深了，他们忽然听见食堂里面隐约传出碗筷的响声。

阚老二他爹一声大吼，一脚把门踢开，打开手电筒率人一起冲进去，却发现根本就没有人——可是此时，跟在后面的阚老二却惊叫一声："鬼啊！"轰然倒地。

等他醒来，大家问他，他就说出两个人的名字来，而这两个人，恰恰就是村里前些天被饿死的。

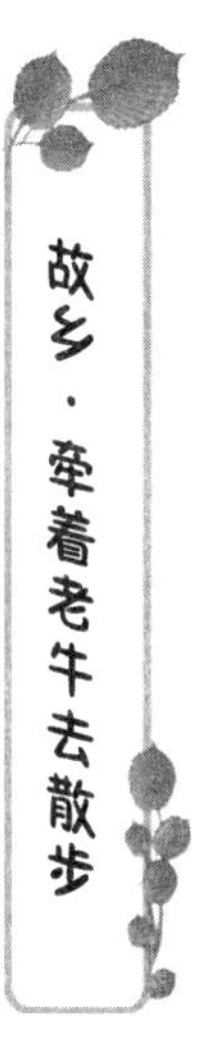

大家上前观察,发现碗筷确实有动过的痕迹。饿死鬼前来偷吃饭菜,这事真是非同小可。村里一连恐惧了多日,直到食堂停办,也没有人再敢去偷吃了。

这件事使得阚老二声名大噪,都说这孩子了不得,长了一双阴阳眼,不但可以看到凡间的人,也可以看到死去的人,简直就是神仙。从此,人们便对阚老二刮目相看。

又有一年,村里搞政治运动,所有的一切都乱了套。村上有个叫吴奎的,依仗两片嘴能说,带头扯旗造反,夺了大队领导的权。

他摇身一变,成了村里炙手可热的头号人物。没有多久,他的老婆芦花突然死去,随后,他便对村花李梅展开猛烈的追求。

以前李梅根本就不拿正眼看吴奎,可现在吴奎成了一把手,她就半推半就地答应了。这天他们举行了革命式的婚礼,晚上,年轻人去闹洞房,已经十六岁的阚老二也去看热闹。

正闹着,灯光突然暗了,忽见吴奎两手捂脸,哇哇大叫。他好像被人追打似的,一会儿从地下跳到炕上,一会儿又从屋里蹿到院外,脸的两边很快肿了起来。

众人莫名其妙,就听阚老二惊恐地大喊:“芦花,是芦花!她说她是被吴奎害死的!”说完又倒在地上。

虽说是动乱年代,但毕竟是人命关天,上面还是派人来追查。来人找到阚老二,让他描述当时的情景。

阚老二就说,他当时看见芦花披头散发,口鼻流血,拼命追打吴奎,嘴里还骂:“是你往饭里下毒,把我害死的!”

后来经过开棺验尸和深入调查,证实芦花确实是被吴奎所害,于是将吴奎逮捕法办。阚老二协助破了杀人案,村民们对他更加敬畏,甚至有了崇拜的成分。

凭借一双阴阳眼,阚老二本可以去当巫师大仙,但是他却不肯去,只在田里死受。他本来也是有老婆的,开始老婆还对他毕恭毕敬,可是日子久

了，发现他也没有什么与众不同之处，脑袋甚至还不如一般的人灵活，最后竟弃他而去。

阚老二也不着急，一个人不慌不忙地过着光棍儿的日子。

阚老二五十岁这年，有了一次进城吃皇粮的机会。新任县长不知怎么听说有个叫阚老二的农民生了一双阴阳眼，就派人把他请去，要他到县政府收发室去看门，还给他发工资。

阚老二的任务其实就是夜晚在收发室睡觉，睡一个月就有三千多块钱工资。而且，县长一有空还来看他，给他拿烟拿酒拿吃的，对他就像对亲爹似的。

这简直就是天上掉馅饼的好事，凡是认识阚老二的人都说这家伙的祖坟上冒了青烟，对他甚至有点儿羡慕嫉妒恨的感觉。

谁知这种幸福阚老二只享受了半年，就说什么也不干了。他打起行李卷回了乡下。

听说阚老二回来了，村人成群结队来看他，人人都想知道他辞职的真正原因，可是阚老二却死活不开口。最后被问急了，他才说："你们等着看吧，到时候你们就知道了。"

一年以后，那个县长突然被抓。原来这家伙为了捞政绩往上爬，在当镇委书记时非法强拆，导致几个家庭家破人亡。

可怜几个家庭老弱不堪，状告无门，这家伙倒快速升迁，随后大肆贪污。

他本人也知道自己罪孽深重，便把阴阳眼阚老二请来为他保驾护航，起码可以帮他看看有无冤魂索命。阚老二也许真的看到了什么，所以才坚决辞职的。

至于阚老二看到了什么，他一直不肯说，有一次几个好事者把他灌醉，才断断续续听他说："那些冤魂……好可怜啊！把我放那儿挡着……我能挡吗？我……能挡着别人报仇吗？谁作孽……谁自己扛吧！"

过后再问阚老二，他却矢口否认说过这些话。

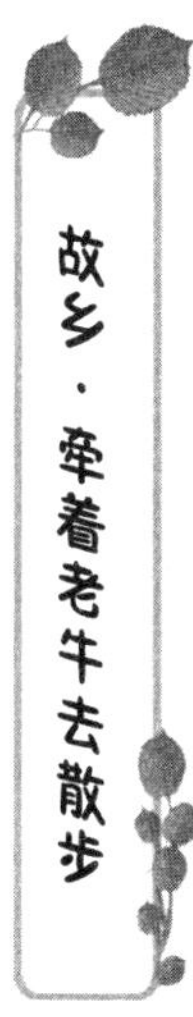

1963 年过年

刘国芳

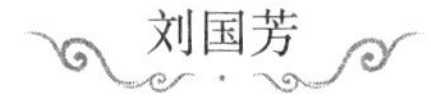

男人挑了一担灯芯，要出门。一个女孩蹦蹦跳跳跑了过来，女孩问："爸爸要去哪儿啊？"男人说："卖灯芯。"女孩又问："爸爸什么时候回来啊？"男人说："过年回来。"男人说着，出门了。女孩跟了几步，说："爸爸，给我买新衣裳过年。"

男人应了一声。男人很快出了村，往荣山方向去。从这里到荣山，有六七里，但男人不会在荣山卖灯芯。荣山这一带的人，几乎家家户户都栽灯芯草。这一带的人，也和男人一样，会挑了灯芯，去很远的地方卖。男人现在要经过荣山，去一个叫抚州的地方。从荣山到抚州，有六七十里。男人肩上挑着满满的一担灯芯，但灯芯没重量，一担灯芯只有十几二十斤。男人不把这担灯芯当回事，他一天就能走到抚州。

果然，这天傍晚，男人到了抚州。一到街上，男人喊起来："卖灯芯，点灯的灯芯。"有人应声说："多少钱一指？"男人说："三分。"应声的人讨价还价：

“两分卖不卖?”男人说:“拿去。”

就有人走到男人跟前来,犹犹豫豫地掏两分钱给男人。男人拿一指灯芯给人家,很少的一指,只有小指头那么粗。又有人过来,要买一角钱的,男人也拿了一指给人家,这一指大些,大拇指那么粗。再没人过来了,男人又挑起灯芯喊道:“卖灯芯,点灯的灯芯。”

此后,抚州大街小巷都听得到男人的声音。

在抚州卖了几天,男人就离开抚州了。男人一路前行,去流坊,去浒湾,再去金溪。金溪过后往南去,先去南城、南丰,然后去福建的建宁、泰宁、邵武、光泽。再回资溪、南城,最后返荣山回家。这样来来回回,男人要在外面待一个多月。但不管走多远,男人都会在过年前赶回来。

这天,男人到浒湾了。浒湾有上书铺街,还有下书铺街。两条街其实算不上街,只算得上两条小巷子。天晚了,街两边的房屋透出灯光,就是用灯芯点的灯。很暗的光,星星点点。这样星星点点的光,无法照亮巷子。一条巷子,黑漆漆的。男人挑着灯芯,高一脚低一脚地走在巷子里,仍喊道:“卖灯芯,点灯的灯芯。”

一户人家,没点灯,屋里黑漆漆的。黑漆漆的屋里走出一个人来,这人说:“你来得及时,我屋里的灯芯刚好用完了。”说着,拿出两分钱,买一指灯芯回去。一会儿,那屋里就有光了。

也有人不愿花钱买灯芯,这天走到金溪,就有一个人听了男人的喊声后,开口问道:“我用鸡蛋跟你换灯芯,可以吗?”

男人摇头,男人说:“鸡蛋会打碎,不换。”

这个想用鸡蛋换灯芯的人,站在一家小店铺前,男人见了,就说:“你店里有棒棒糖吗?我用灯芯换你的棒棒糖。”

那人说:“怎么换?”

男人说:“一指灯芯换三个糖。”

那人点点头,同意了。

在男人换糖时，男人家里的女孩儿在想爸爸了，女孩问妈妈："妈妈，爸爸什么时候回来啊？"妈妈说："还早哩，过年才回来。"

确实还早，男人那时候还在金溪。随后，男人去了南城、南丰，又去了建宁和泰宁，还去了福建邵武、光泽。这一路花费其实很大，男人白天要吃，晚上还得住旅社。这一切开销，全在一担灯芯里。为此，男人一路很节约。有时，男人一天只吃两个包子。而且，这包子不是拿钱买的，是用灯芯换的。但该买的，男人还得买。男人有一天就在邵武买了好几块布，好看的花布，是给家里女人买的。男人还买了一件红灯芯绒衣服，买给女儿的。男人还买了一根扎头的红绸子，也是给女儿买的。这东西可买可不买，男人犹豫了很久，拿出两分钱，买下了，然后放在贴身口袋里。

男人回来时，灯芯全部卖掉了。但男人肩上的担子，没轻下来，反而重了。男人担子里放着布，放着衣裳，还放着麻糖、花生糖和拜年的灯芯糕。在荣山街上，男人称了几斤肉，买了盐和酱油。然后，男人就挑着东西回家了。女孩早就等在家门口，老远看见男人回来了，蹦蹦跳跳地跑过去，女孩问："爸爸，给我买了新衣裳吗？"

男人说："买了。"女孩就跳起来。

不一会儿，女孩就让妈妈帮她穿好了红灯芯绒的衣裳。男人买的红绸子，也扎在女孩头上。随后，女孩含着棒棒糖出去了。在外面，女孩看见有几个孩子，于是把口里的棒棒糖拿出来，跟几个孩子说："我爸爸回来了，给我买了新衣裳，还买了扎头的红绸子和棒棒糖。"女孩说着话时，有爆竹噼噼啪啪地响起来。

过年了。

艾叶飘香

刘国芳

快过节了，艾叶婆婆的儿子打电话过来，儿子说："快过节了，你来城里吧？"

艾叶婆婆说："不来。"

儿子说："村里都没人了，你怎么还愿待在那里。"

艾叶婆婆说："谁说村里没人，禾崽还在村里。"

儿子说："禾崽是残疾人，他没办法离开乡下，当然还得待在村里。"

艾叶婆婆说："三公和吴家婆也没走，他们都在村里。"

儿子说："整个村里看来也就你们几个人了，你还是到城里来过节吧，要不我现在就开车来接你？"

艾叶婆婆说："你不要浪费油，你来了，我也不会走。"

儿子说："真搞不明白，你怎么就不愿到城里来？"

艾叶婆婆说："我喜欢乡下。"

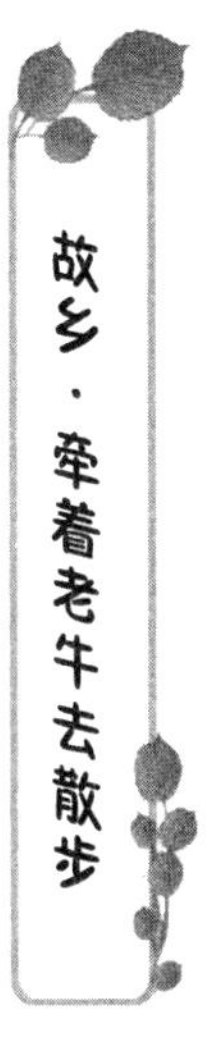

儿子说:“那你好好照顾自己。”

艾叶婆婆说:“我知道。”

通完电话,艾叶婆出来了,村里真的没什么人,一个人也见不到,很寂静。一个人走在村里,艾叶婆婆心里也会觉得孤单。记得以前,也不是很久以前,两三年前,村里还热热闹闹,到处是人。只过去了几年,村里人都搬了,一个村一下子就冷落了,看不到人了。艾叶婆婆从村东走到村西,也没看到一个人,禾崽、三公、吴家婆也不晓得到哪儿去了。不过,后来艾叶婆婆看到人了,几个人开车来了,他们把车停在村里,然后在村里边走边看。艾叶婆婆当时回家了,但艾叶婆婆还是从窗户看到几个人,还听到他们说话,一个人说:“这个村真的是无人了。”

另一个人说:“一个人也没有。”

艾婆这时出来了,艾婆说:“谁说村里没有一个人?”

突然冒出一个人,几个人好像很意外,一个人说:“村里还有人,不是无人村呀?”

艾叶婆婆说:“当然不是无人村。”

一个人还问艾叶婆婆:“村里还有多少人没搬呢?”

艾叶婆婆说:“多着哩。”

一个人说:“我怎么没看到,看到的房子都锁着。”

他们说的是事实,艾叶婆婆不知道怎么回答他们。

几个人走了,但不一会儿,又有几个人开车来了。近来,艾叶婆婆看到很多人来村里玩,艾婆婆开始不知道他们为什么会开很远的车,来这个山角角的村里,后来知道了,就因为村里没人,几乎是无人村,才惹人来。这几个人也在村里边走边看,艾叶婆婆出现在他们跟前,他们明明看见艾叶婆婆了,还问:“老婆婆,村里怎么没人呀?”

艾叶婆婆说:“我不是人吗?”

问的人就笑一下,又说:“但村里人很少,他们为什么要搬走呢?”

艾叶婆婆说:“这是山角角里,生活不方便。”

那人又问:“都搬到哪里去了?”

艾叶婆婆说:“搬到县城去了,也有搬到抚州去的,甚至有人搬到南昌去了。”

一个人说:“都搬了,这个村将消失了。”

听了这话,艾叶婆婆心里有些难受。

过节这天,艾叶婆婆一早在门口挂了艾叶。这是过节的习俗,说是在门口挂艾叶,可以驱邪避祸。会不会驱邪避祸,艾叶婆婆不知道,但艾叶味重,可以起到驱蚊虫的作用。一到过节,家家户户都去拔艾叶和菖蒲,然后用红纸把它们粘在一起,挂在门口。艾叶婆婆今年早早地拔了艾叶和菖蒲,而且还帮禾崽、三公、吴家婆也拔了。在自己门口挂好,艾叶婆婆就拿着艾叶去给禾崽、三公、吴家婆家里挂,但到三公家门口时,艾叶婆婆看到三公家门口已经挂好了艾叶,还有禾崽、吴家婆家门口,也挂好了。三公坐在门口,便笑着说:“你也来帮我们挂艾叶呀,我帮他们挂好了。”

艾叶婆婆手里拿着艾叶,不知道怎么办好。但很快,艾叶婆婆有主意了,她把手里几挂艾叶挂在别人家门口了,尽管那些门锁着,但艾叶一挂,就好像屋里住着人,有生气了。

挂好后,艾叶婆婆走了,但艾叶婆婆没回家,艾叶婆婆又去山坡上拔艾叶和菖蒲了,差不多一上午,艾叶婆婆拔了一大捆艾叶和菖蒲回来,用红纸粘好,艾叶婆婆把这些艾叶一一挂在别人家门上。

三公、吴家婆和禾崽后来发现了,他们看着艾叶婆婆说:“艾叶一挂,村里就有过节的样子了。”又说:“我们闻到艾叶香了。”

玉 米

刘国芳

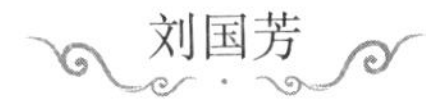

这是很多年前的故事了。村里有四个女人，她们以前是村里的铁扁担娘子军，后来铁扁担娘子军散了，但她们四个人还经常在一起。四个女人叫春、兰、秋、菊。那是大饥荒的年月，地里没有收成，四个人便一起去挖野菜，去河里捉鱼，捡蛤蜊，反正四个人感情深，做什么都在一起。

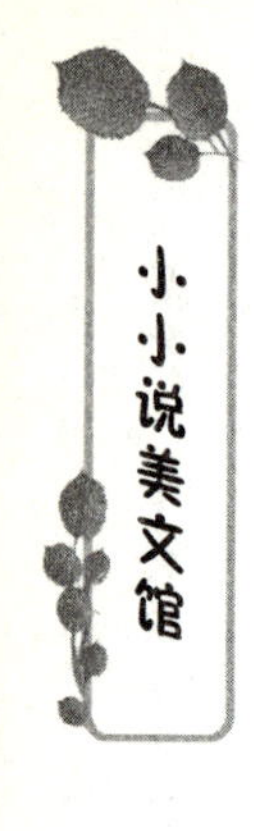

其实村里还有一片玉米地，有十几亩。玉米熟了，但没人敢摘，村里派了个凶神恶煞般的狗疤子守着。这狗疤子手里总握着一杆铳，见人走近，砰一声往天上放一铳，吓得没人敢走近。春兰秋菊四个女人经常往玉米地边走过，这时候春忍不住，总说："真想过去偷一个。"

另外三个女人立即说："我们是铁扁担娘子军，我们宁可饿死，也要保持节操。"

春满脸通红。

终于有一天，春忍不住了，晚上去偷了几个玉米。这事，不知怎么被兰知道了。四个人在一起时，兰盯着春说："你为什么做这样的事？"

春说："太饿了。"

秋说："再饿也不能偷。"

菊说："你丢了我们铁娘子的脸。"

春又是满脸通红。

让人没想到的是，这晚，兰也去偷了几个玉米。这事，被秋知道了，几个人在一起时，秋盯着兰说："你怎么也做这样丢脸的事？"

兰说："太饿了。"

菊说："再饿也不能偷。"

但菊说过这话的第二天，也在晚上悄悄接近玉米地，看狗疤子不在，迅速摘了几个玉米。菊很坦诚地把这事告诉了几个姐妹。这回，只有秋指责她，秋说："真丢脸。"

菊分辩说："全村都在偷，我们为什么不偷？"

春和兰一起说："就是。"

这晚，秋实在饿得不行，也去了玉米地，趁狗疤子不注意，摘了几个玉米。秋把这事告诉几个姐妹时，几个人笑了，都说："别人偷得，我们为什么偷不得？"

过后，春兰秋菊几个人除了挖野菜捉鱼捡蛤蜊外，也一起去玉米地里偷

玉米。当然,不是每次都一起去,有时候,她们也会单独去。这天半夜,春饿得难受,就一个人去了,但这天不走运,刚摘了两个玉米,狗疤子出现了,狗疤子把铳对着她,还说:“你信不信我敢一铳打死你?”

春哆嗦着说:“我信。”

狗疤子说:“把衣服脱了。”

春没动。

狗疤子就把铳顶在春身上。春真怕狗疤子开枪,她慌忙扔了手里的玉米,然后把衣服脱了。

狗疤子就在玉米地里把春做了,然后,给了春一小筐玉米。

兰这晚也出来了,目睹了这一幕。兰过后告诉了秋和菊,几个人在一起时,兰秋菊一起说:“你怎么就依了狗疤子那样的人呢?”

春说:“我不依,他会开枪打死我。”

兰说:“死就死,有什么了不起。”

秋说:“你太没有骨气了。”

菊说:“就是,太没骨气。”

这晚,兰也去了玉米地,也是才摘了两个玉米,狗疤子的枪顶在身上了,狗疤子直接说:“把衣服脱了。”

兰没说话,但脱了衣服。

自然,兰离开时,也得到了一小筐玉米。

这次,是兰主动告诉几个姐妹的,春没做声,但秋和菊作声了,她们说:“真不要脸,为了几个玉米,竟跟狗疤子那样的人睡觉。”

兰说:“我怕他打死我。”

菊说:“怕死。”

才说过人家怕死,菊自己也一样了。菊这晚也去了玉米地,当枪顶在她身上时,她没等狗疤子说话,就把衣服脱了。菊没隐瞒,告诉了几个人,这回只有秋指责她,秋说:“没想到你也怕死。”

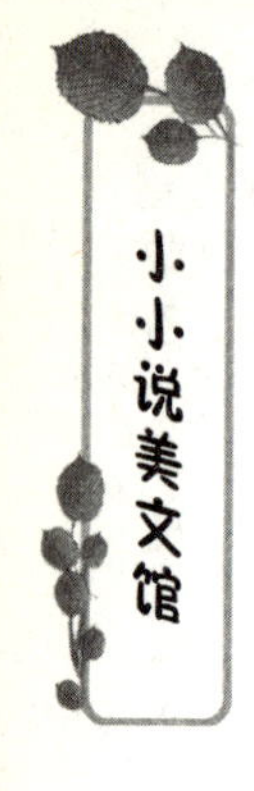

这回春兰菊一起说："我们就不相信你不怕死。"

秋说："我才不怕呢。"

只是，当这天晚上枪顶在她身上时，秋才知道自己说了大话。枪顶在身上很痛，她不动，狗疤子就使劲顶，随后，她也脱了。

四个人再在一起时，都骂着狗疤子："那个王八蛋。"

这晚，四个人没约好，但碰在一起了，野菜越来越少了，河里的鱼几乎没有了，只有那片玉米地里还有些玉米，四个女人不约而同地去了苞谷地。但刚摘了几个玉米，一把枪就对着她们了。春没有慌，春说："王八蛋狗疤子，你娘的还让人活命不？"

兰也站出来说："有种你崩了我们姐妹四个！"

秋与菊也挺直身子，怒目望向狗疤子。

狗疤子的手开始抖了。

当晚，春兰秋菊每人摘了一大筐玉米，走了。

若干年后，春兰秋菊都老了，那块玉米地也不存在了，那块地已变成村里的一幢幢房子。春兰秋菊还会在一起。一天她们在一起聊着天时，一个小孩子啃着玉米走来了。春兰秋菊见了，不说话了，发起呆来。过了一阵子，春眨一眨眼，流泪了。啃玉米的小孩子是春的孙子，见奶奶落泪，就问："奶奶你怎么流泪了？"

"没有，是眼里落了沙子。"春兰秋菊一起说。

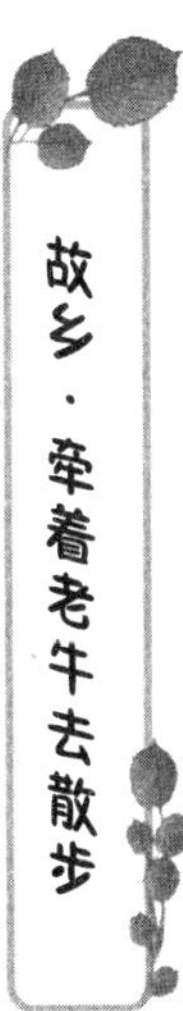

孔明灯

过年那几天，天上连一丝云彩影儿都没有。哪年过年不是冰天雪地、寒风刺骨？今年真是奇了怪了，俨然三月小阳春。

剑锋自驾带媳妇从苏州赶回老家黄泥湾过年，一路上畅通无阻，平安到

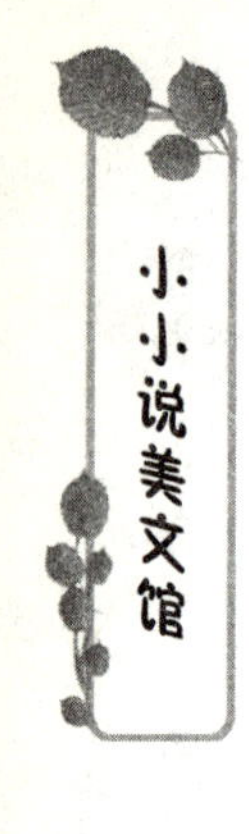

家。进门的时候,全家人早等急了,女儿娇娇和儿子贝贝几乎同时扑进他们的怀抱。爹和娘立在门边,漾了满脸幸福的笑。

所有迹象表明,他们家的这个春节即将和全国许多家庭一样,因为久别之后的团圆而亲情激荡,其乐融融。但是,年夜饭刚吃罢,全家人却闹了个不欢而散,爹连春节晚会都没看,也不像往年那样守岁了,早早钻进了被窝。其他人一起守在客厅看春节晚会,个个绷着脸,就连蔡明和冯巩也没有逗乐他们。

这到底是怎么回事儿呢?

全家人都怪爹。其实,要怪还是怪剑锋节外生枝。

黄昏的时候,他们家的年夜饭开始了。剑锋不停地给爹敬酒,他媳妇不停地给爹娘夹菜,说爹娘在家带孩子,还种田喂猪,辛苦了;娘也不停给他们小两口夹菜,说他们在外面包些小工程,搞装修,也不容易;所有人都给娇娇和贝贝夹菜,孩子想爹娘都快想疯了。

吃罢年夜饭,天已经黑透了,大家吵着快快收拾碗筷,要看春节晚会呢。偏偏剑锋说:“城里人元宵节爱放孔明灯,我这次也带回两个,咱们提前放了吧?我正月十五不在家,怕你们放不好。”

“什么是孔明灯?”娇娇问。

剑锋说:“我手机里拍的有视频,放给你们看。”

大家围拢过来,将剑锋挤在中间。剑锋掏出手机,打开视频:幽蓝的夜空,一盏盏孔明灯高高地飞升、游移、互相追逐,好像满天闪烁的星星,又像满江跳跃的渔火。

娇娇到底在读小学三年级,会用词了,她说:“好辉煌,好壮观啊!”

贝贝拍着手说:“放孔明灯了,放孔明灯了!”

娘好奇地问:“这灯怎么上的天呢?”

剑锋跑到门外,打开汽车后备箱,拿出两盏孔明灯。大家跟出去,按照他的指令,七手八脚地帮他撑开一只灯罩,高高举起来。他自己往灯罩中间

铁丝捆扎的布团上淋上油，掏出打火机，准备点火。只要点上火，稍微燃烧片刻，待热气充盈，手一松，孔明灯就会腾空而去。这个时候，大家都可以为自己和亲人默默许个愿，让孔明灯把每个人的美好愿望都带到天上去……

“慢着！”剑锋身后传来爹威严的声音。

“怎么了？”剑锋直起腰来，狐疑地问。

“灯放出去了，什么时候落下来？”爹问。

“油烧完了，灯一灭，就落吧。”剑锋说。

“你能保证落下的时候，灯灭了吗？”爹又问。

“我又不是灯，我怎么知道？”剑锋没好气地说。

“收起来，别放了！”爹喝道。

“怎么就不放了？”剑锋反问。

“咱黄泥湾四五个月没下过一滴雨你知道吧？你放孔明灯，等于放火烧山。万一灯油没烧尽，火星落到树上，落到草上，都不得了。”爹说。

“不就几座荒山吗？烧了又怎样？”剑锋不以为然。

“蛇虫蚂蚁不是命？就该烧死？你烧了谁家的山，谁会愿意？”爹说。

“灯一放出去，会飘很远的，就是烧了山，谁知道是咱们放的？”剑锋媳妇说。

“你这话就更说不通了。”爹说。

娇娇和贝贝不愿意了，一左一右拽着爷爷的胳膊，边哭边嚷：“不嘛，不嘛，我们要看孔明灯嘛！”

“不行，回屋看电视去！”爷爷的态度很坚决。

剑锋和媳妇愣了，娇娇和贝贝在撒泼，娘看不下去了，挺身解劝：“怎么会那么巧，就那么一点儿油，也许在天上就烧干烧净了呢。”

“你放屁！”爹凶狠地骂着，扭身进了门……

从大年初一开始，剑锋开着车，给老亲旧眷拜年。初三那天，他到了远在百里之外的舅舅家。舅舅家冷冷清清。舅舅一根接一根抽烟，妗子坐在

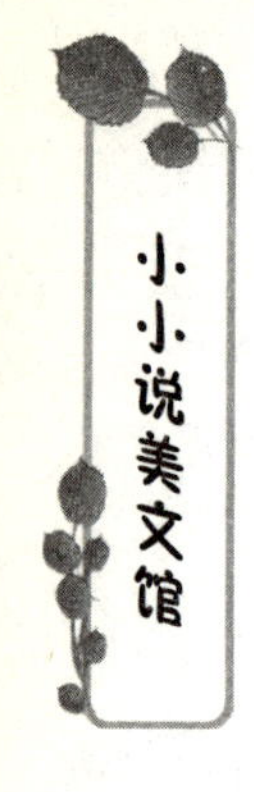

沙发上抹眼泪。原来,表弟顺子和媳妇腊月二十八就到家了。顺子给祖宗上坟,烧纸放炮,引发山火,被警察抓走了。

剑锋回家的时候,已经暮色四合,家里正在吃晚饭。剑锋上桌,倒一杯酒,双手高高擎起酒杯,毕恭毕敬地递到爹面前,敬爹。

正月初六,天突然变了,鹅毛大雪铺天盖地。整个黄泥湾一派银装素裹。

吃罢晚饭,爹对剑锋说:"你还不去放孔明灯?"

剑锋愣了一下,惊讶地看爹。

爹笑了,说:"今天你就是放火,也烧不了山。"

剑锋也笑了。他大喊:"娇娇,贝贝,快出来,咱们放孔明灯了!娘、媳妇,你们都出来啊,顺便许个愿。"

一盏孔明灯腾空而起,又一盏孔明灯腾空而起,纷扬的雪花像飞蛾一样前赴后继地向灯扑去。灯光好像两柄利剑,把昏暗的天空刺穿两个金黄的洞,明亮而温暖。

收脚迹

江 岸

满沟满洼的小麦仿佛立了一地的哲人，都低垂着硕大的脑袋瓜子思考问题呢，风一吹，便摇头晃脑，那点头哈腰的样子，酷似麦穗们在互相道喜。麦子的香味随着微风飘散在黄泥湾的每一个角落。感谢老天爷，今年风调雨顺，这季麦子明显要增产。

家家户户都在磨镰刀，平整打麦场，搓草腰子。蚕老一袋烟，麦黄一晌午。用不了三五天，麦子就黄熟，就可以开镰收割。在这个节骨眼儿上，雨水偏偏多，到手的庄稼岂能烂在地里？要从老天爷嘴里夺食呢。

往年这个时候，都是胡老汉最快活的时候。他走路的脚步快了，步子也轻了，就像一溜儿小风轻快地刮过来；他说话的嗓门儿大了，还乱哼哼，隔半里地都能听见他荒腔走板的曲调。他种了一辈子庄稼，庄稼成熟的时节，是他一年中最盛大的节日。他的这种高兴劲儿没遮没拦无边无沿，把一村人的心情都感染得好像没有一丝云影的蓝天一样晴好。

可是，眼看今年麦季到了，胡老汉却什么都不干，一大早起来，就摆弄个小包袱，摆弄来摆弄去。摆弄好了，就死死地守在包袱旁边，等待老婆子开饭。

“你这是怎么了？”老婆子问他。

他不吱声，默默点了一根烟，让烟雾浓浓地从鼻孔里冒出来，袅袅地升到头顶上。

“你哪里不舒服？”老婆子过来摸他的脑门子。

他头一甩，躲开了。

“你别抱着葫芦不开瓢，你说话啊。”老婆子拖着哭腔问。

“我想去看看娃儿们。”胡老汉终于开口了。

“什么？”老婆子愣了一下，旋即明白过来，声音立马粗壮了，愤愤地骂，“你早不去晚不去，非要现在去？你没长眼睛啊，你眼睛瞎了，你鼻子上塞子啦？麦子快熟了，你闻不出来吗？还要出门？”

胡老汉眯着眼睛喝了半碗稀饭，擦擦嘴，抓起小包袱搭在肩膀上，一拐一拐地出了家门，仿佛小包袱十分沉重，压弯了他的腰。

“你个死老头子，说走你还真走啊？地里的庄稼怎么办啊？”老婆子在他背后喊。

胡老汉好像没有听见，一拐一拐地走上村道。

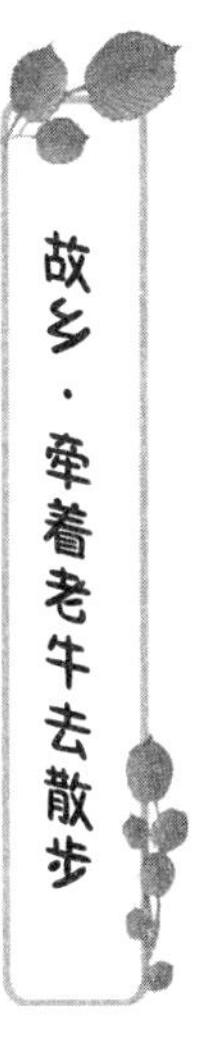

“好你个老鬼，你走吧，最好死到外头莫回来。你游魂去吧，收脚迹去吧！”老婆子气急败坏地咒骂起来。

“收脚迹”是黄泥湾非常恶毒的一种咒语。本意是指人临死以前，会有意无意地把从前去过的地方走一遍。这个词用在大活人身上，就是诅咒他将不久于人世了。老婆子真是急了，这种狠话都骂得出口。

胡老汉有三个娃儿，老大老二是闺女。生了老二以后，乡里村里来催他老婆去做结扎，他老婆躲了。躲出去一年，抱回来一个大胖小子。乡里把他家罚得倾家荡产，他也没有后悔过。娃儿们长大了，还就数老三有出息。老大在镇上做生意，老二在县城打工，老三念了大学，在省城当新闻记者呢。

胡老汉到了镇上大闺女家，大闺女好吃好喝招待了他。大闺女早就接到了娘的电话。住了一夜，大闺女说：“爹，马上农忙了，我就不留您了，赶紧回家吧。”

胡老汉说：“谁说我要回家了？我去县城。”

胡老汉到了县城二闺女家，二闺女一样好好招待他。二闺女接到了娘的电话，还接到了大姐的电话。住了一夜，二闺女说：“爹，娘催您回去呢，您赶紧回家吧。”

胡老汉说：“给我买车票，我要去省城。”

二闺女说：“您去省城我不拦您，俺弟可是大忙人，怎么也得事先打个招呼吧？”

胡老汉一想，也是这么个理儿，就让二闺女拨通了小三子的电话。

小三子已经分别接到了娘、大姐和二姐的电话，接到爹的电话，嬉皮笑脸地用家乡话拒绝了爹。小三子说：“爹，俺可想您和俺娘了，可现在俺没时间啊，下午就去采访，要跑好几个市呢，领导让做个系列报道，不敢耽误。半个月以后您来吧，儿子好好陪您转转，好好孝敬孝敬您。”

胡老汉就像刚刚丢盔卸甲的残兵败将，从城里快快地回到了黄泥湾，开始了他的收获季节。

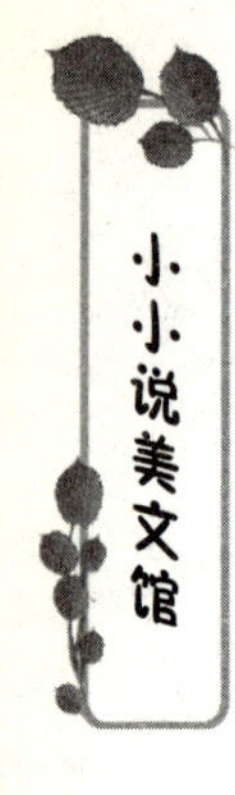

不到半个月,整个黄泥湾就颗粒归仓。麦子打下来,马上就可以吃到新面馍馍了!可胡老汉没有吃到新面馍馍,在一个午夜猝然去世了。早晨,老婆子喊他起来吃饭,他不应;推他,他不动。老婆子慌了神儿,出门一吆喝,一村人都跑来了,一看,已经没有必要送医院了。

老婆子哭得呼天抢地死去活来,一边哭,一边诉:“早知道你这样,怎么也不让你收这最后一季庄稼啊!早知道你这样,怎么也该让你去一趟省城看看小三子啊!我是乌鸦嘴啊,我嚼舌头啊,你怎么真去收脚迹了啊……”

“人死不能复生,办好丧事要紧,让老爷子入土为安吧。”一村人自发地紧急行动起来。

大闺女回来了,一头扑到灵堂,哭;二闺女回来了,一头扑到灵堂,哭;小三子回来了,一头栽到灵堂,昏迷过去了。

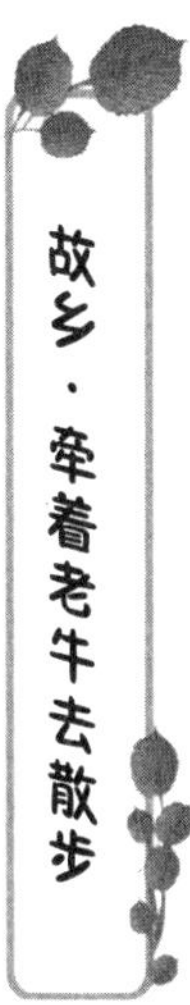

去镇上喝牛肉汤

邓洪卫

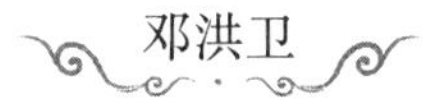

我爷爷排行第二，人称二爷。他哥哥，人称大爷。大爷走得早，面都没给我见过。爷爷走的时候，我才六七岁，不太记事。什么事都是我父亲说的。

我父亲说："这两位爷呢，个头都不高，一米五几吧，容貌也相似，小头小脑的，但脾气不投。你爷性子慢，温温吞吞，实心眼儿；大爷性子急，风风火火，脑子转得快，心眼儿多得像葡萄，一嘟噜一嘟噜的。"

两位爷天生是冤家对头，相互看不惯。

大爷说爷:“你这一辈子就没拉过硬屎。”

爷说大爷:“你拉屎都能拉出火药来。”

大爷老是欺负爷。两家的水田挨着界,中间隔道田埂子。大爷做事绝,不断地削田埂子,越削越细,硬是把大半块田埂削到自家田里。大爷的田比爷的田要低一寸,大爷不服气,偷偷在田埂上打眼子,爷家田里的水就慢慢地渗到大爷田里去了,爷家的水田成了旱田。

爷气不过,就跟大爷吵。但他面皮薄嘴皮厚,说不过面皮厚嘴皮薄的大爷,往往被大爷“噼里啪啦”说得面红耳赤,回不出一句整话来。

爷没办法,说:“惹不起还躲不起啊,搬家吧,离你家远点儿。”

爷举家搬到荒草岗子上,砌房,开发新田地。大爷和爷就离得远了,少碰面,碰面也不说话。可再怎么躲着,还是一个村的人,怎么也躲不开碰面。每个月至少碰两次面,在六套镇上的牛坊里。

镇上只有一家牛坊,杀牛,卖肉。逢每月两次大集的时候,免费供应牛肉汤。大爷和爷有一个共同爱好,喝牛肉汤。每逢大集,大爷和爷都会到牛坊喝牛肉汤。不吵翻的时候,结伴一起走;吵翻了,就不一起走,岔开时辰,走两个小时的路,才到牛坊。他俩各自从怀里掏出一瓶三芋干酿的酒,两个烧饼,打一碗牛肉汤,慢慢吃,慢慢喝。不吃牛肉,吃牛肉要花钱,他们舍不得。有时候,大爷为了寒碜爷,会狠心买几片牛肉,故意嚼得吧唧吧唧响,让爷听到,显示自己日子滋润。爷装作没听见,呼噜呼噜地喝自个儿的牛肉汤。

牛坊的主人、买肉的人、喝汤的人,瞅着这两位都绷不住笑,脸上笑了半截,心里感慨:“亲兄弟呀!”

爷走出牛坊,忍不住唾了一口,在心里骂道:“哼,叫你行绝,断子绝孙。”

大爷跟大奶奶结婚二十年,没见一儿半女。

那一年,爷生病了,病得凶呢。请镇上的中医克三先生来看。先生直摇头:“难治啊。”

克三先生一贯自信,他说难治,等于判了死刑。但先生又撂下几味药,说

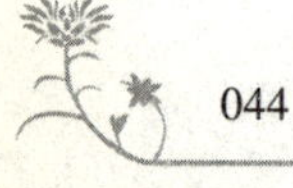

吃吃看看,好便好,不好就拉倒,有好吃的别落下,说吃不着就吃不着了啊。

药一天天地少,爷还不见好,眼见着一天天消瘦下去。奶奶想起克三先生的话,含着泪问:“想吃些啥呢?”爷咕噜着喉结,说话都含混了。正好大爷来了。大爷听说爷有今天没明天了,把恩怨吞在肚里,来看一眼。

大爷一听便懂,说“他问明天是不是集”,又自语道,“是有集呢,他想喝牛肉汤了。”

奶奶说:“那怎的好?”

大爷说:“明天我去镇上端一碗牛肉汤来。”

奶奶说:“这么远,碗口大,存不住啊。”

大爷说:“你家不是有一个罐子吗? 加上盖子,慢慢走,洒不了。”

奶奶就把罐子拿出来。第二天一早,大爷就抱着罐子去集上。去了,人再也没回来。过了中午,罐子回来了。是邻居杨麻子抱回来的。

1939 年 3 月 26 日,农历二月初六,日本鬼子在六套制造了“二六”惨案,屠杀了一百零八人。大爷就在一百零八人之中。

杨麻子说:“本来,大爷跟我一起跑的,完全可以跑得快些,但他抱着罐子,怕跑快了洒了汤,就落在我后面,正好遇上了鬼子,被刺刀挑了。等鬼子走了,我回去找在集上跑散的孩子,孩子没找到,碰到了奄奄一息的大爷。他把罐子递给我,请我一定要带回给二爷喝。说完,他就断气了。”

土黄的罐子已经变成血红的罐子。奶奶打开来,汤还有热气,搅了搅,还有几片牛肉。喝了牛肉汤,又吃了几味药,几天后,爷的病好了,又活了四十个春秋。

大爷无儿无女,他死后,我父亲每年都去上坟。爷死后,坟跟大爷的坟相邻。每到鬼节,我父亲都带着我去烧纸,在两座土坟的中间,把纸分成两堆,点着。有一回,两堆纸刚烧完,风一吹,烟灰合到一处,飘上了天空。

我母亲说:“是不是两位爷又吵起来了?”

父亲摇摇头,说:“不是,两位爷拿了钱,一起去镇上喝牛肉汤了。”

我的外公外婆

邓洪卫

我外婆最初喜欢的是我外公，可后来又喜欢上了胡七，并跟胡七结了婚。

胡七生得高大帅气，还能说会道，很会讨女人的欢心。而我外公虽然长得不难看，但跟胡七比就显得瘦小单薄了，又不会说话，口笨。

当然，还有一点，胡七家有钱，我外婆的父母也愿意外婆嫁给胡七。嫁给胡七，那算是从糠箩跳进米箩。嫁给外公，那算是从糠箩跳进空箩。我外婆一家不痴不傻，该怎么选择，那是透亮的事。

外婆对外公说："康大，我父母逼我嫁给胡七，没办法的事儿。"

我的外公，也就是康大，闷闷地说："能再考虑考虑吗？"

外婆不忍心了，低声说："嗯，我回去再抗抗婚。"

还抗什么呀？过了年，胡七就吹吹打打用一乘小轿把我外婆接进了门。

胡七在自家的场院里摆了几大桌。胡家的亲亲友友，都来了。乡里的头头脑脑，也到了，海吃，海喝。

那场面，威风。我外婆一家，光彩。胡七，高兴。

这家伙喝得酩酊大醉。

问题出在第二天一早，天还没亮，我外婆起床上厕所，刚到院子里，院门"哗啦"一声开了，抬头一看，可把她吓傻了。一个日本兵，端着大枪，进了院门，转着贼溜溜的大眼睛，嘴里嘟哝着："啊哈，花姑娘的，大大的。"

我外婆愣在那里，想跑，腿都木了，跑不动，张了几遍嘴，好不容易才喊出声来："胡七，胡七，鬼子来了。"

屋里的胡七，吓得腾地从床上蹦起来，开门就出来了。

那鬼子已经进院，向我外婆走来，听到那边门响，赶紧把枪口转过去。他看那个男人高高大大，觉得不能掉以轻心，便向前走了两步。胡七吓得转身就进了屋子，哗啦上了闩。

我外婆这时也缓过神来了，趁鬼子的注意力在胡七那儿的时候，猫下腰，冲出院门。胡家靠近后河滩。外婆拐到屋后，爬上后河滩，沿着河滩跑。

鬼子没想到外婆会夺门而出，更没想到会跑得那么快。他立即转身，端着大枪追出门来，看到外婆已经爬上河滩，便快步追上来。

外婆穿着红棉袄，在河滩上疯跑，像一团火焰滚动，分外耀眼。

鬼子更加激情澎湃，恨不得一步赶上外婆。

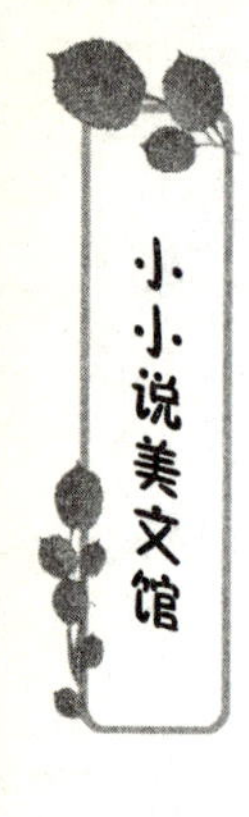

我外婆是个小脚女人啊，哪里跑得过日本兵？她的脚步渐渐慢了下来，而鬼子越跑越快，兴奋地哇啦哇啦叫着，脚步加快。

眼瞅着就要追上了，这时候，从河滩北面慢悠悠地走上来一个人。正是我外公。

我外公走路有些打晃，左手拎着把酒壶，右肩膀上扛着一把锄头。

我外婆恐惧的眼光又呈现出一丝希望，她跌跌撞撞向我外公跑过来，想抓住这最后一根救命稻草。

我外公压根儿没瞅她，好像她根本不存在似的。他低头绕过她，继续慢悠悠地往前走。

鬼子见有一个男人向这边走来，起初有点戒备，可一看，这人蔫头蔫脑，晃晃摇摇，站立不稳，心里也就放松了。

小河滩窄，最多同时并肩走三个人。我外公往路边靠了靠，毕恭毕敬给鬼子让出路来。脚可没停，继续往前。

两个男人就要擦肩而过，那时刻，我外婆就在前面几米远的地方，跑不动了，一团红静止在路边。鬼子一心奔那团红去，眼里基本上忽略了外公的存在，不提防脚下一绊，扑通，摔了个狗吃屎。

原来是将要擦肩的时候，我外公突然把脚伸过来。那动作真利索！

“巴嘎。”鬼子嘴里嘟哝着，要爬起来。我外公迅速回转身，举起锄头，对着鬼子的后脑瓢，一阵猛砸，把鬼子的脑瓢砸成一摊泥。

我外婆听到身后一声钝响，一下跌倒在地，瘫在路边。

这时候，河滩下的小街上不时传来枪声，后来竟然枪声大作。

那一天，日本鬼子在六套制造了著名的“二六”惨案，屠杀了一百零八人。胡七一家除了胡七从后窗逃跑之外，无一生还，我外婆的父母也被鬼子枪杀在南大塘。那天，鬼子屠杀完了之后，集合清点人数，发现小队长野田失踪。到处查找无果，遂撤兵回响水口驻地。

那个叫野田的小队长，已经被我外公外婆扔河里去了。

后来,我外婆就跟了我外公。

“你怎么正好从河滩上来的呢?”结婚的那天晚上,我外婆问外公。

“跟你说实话,那天晚上我本来想‘锄’了胡七,把你抢走的,可是我又犹豫不决,只好在河滩下喝酒,一直到天要亮才下定决心。没想到正好碰到鬼子追你,我机智果断,三下五去二,就把鬼子‘锄’了。”我外公很豪壮地说。

“你真是个英雄呢!”我外婆挑起大拇指说。

“唉,就是那一夜,让胡七占了先。”我外公惋惜地说。

“哼,你瞎说什么呀……”我外婆生气地说,“那一夜胡七醉得起不来,第二天早上才醒,要跟我圆房,我说要上厕所,没想到出门就遇到了鬼子。”我外婆说。

我外公长出了一口气。

胡七曾经去找我外婆,我外婆说什么也不跟他回去了。

“你太自私了,你只晓得把自己的命当宝,眼里没有别人!”我外婆斥责他。

“可是,可是,我花了那么大功夫,还没跟你圆房呢,我这婚结得冤呀。”

“你不冤,如果不是我们家康大那天晚上手下留情,你会跟那个鬼子一样被‘锄’了,你说,你冤啥?”我外婆狠狠地说。

“对,难道,你还想被锄一次吗?”我外公把锄头放在地上蹾得山响。

胡七吓得扭身就跑了。

外公哈哈大笑。其实他心里清楚,那天晚上,他是下了一夜的决心,可是最后的决定是:放弃,回家。

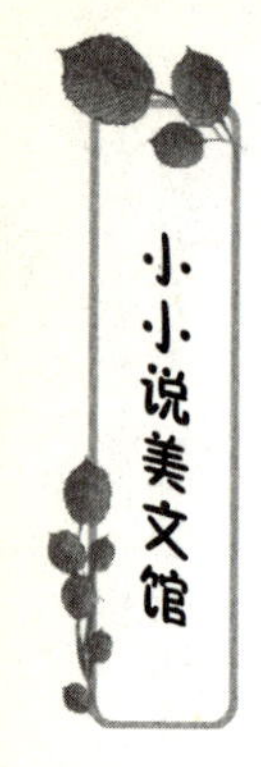

乡村羊事

李伶伶

谷雨守了一夜，天亮时，母羊终于生了，生了三只小羊羔。

谷雨又喜又愁。喜的是三只小羊羔都挺壮实，出生没多久，就能走了。愁的是母羊只有两个奶头，不够分，要想让三只小羊都活下来，只能给其中一只喂牛奶。

谷雨家没有奶牛，要喂牛奶只能去买。这样一来，喂大一只小羊的成本就增高了，不合算了。

以前出现这种情况，谷雨总是扔掉一只最小的羊羔，可是这次，三只小羊羔一般大，他哪只都舍不得扔。

这时邻居冬至来他家借东西。

谷雨问他："你要小羊羔吗？"

冬至看着刚出生的小羊羔说："这么小，能养活吗？"

谷雨说："精心点儿，能养活。"

冬至说："那你咋不养？"

谷雨说："我的羊太多了，操不过来心。"

这样，冬至就抱走了一只小羊羔。

第二天，冬至又把小羊羔抱回来了。

谷雨以为冬至不要了，可冬至说："不是，我爹有病住院了，我得去医院陪他，没时间喂羊。你先帮我喂几天行不？"

谷雨说："行，你安心照顾你爹，羊的事包给我了。"

冬至放下小羊，就去了医院。

谷雨帮冬至喂小羊羔，喂的是买来的牛奶。小羊羔很能喝，开始一天三袋，后来四袋，再后来五袋。冬至拿来的一箱奶，三天就喝完了。因为冬至没来取羊，谷雨又买了一箱。

冬至爹的病不好治，冬至一直在医院陪他爹，谷雨就一直帮他喂小羊。三个月后，小羊羔都能吃草了，冬至爹的病才好，冬至才回来。

谷雨看见冬至回家了，说："冬至，你不来看看你的羊吗？"

冬至就跑过来看他的羊，发现羊长大了好多。

冬至说："这么大了呀？"

谷雨说："是，都能吃草了，你拉回去吧，再养两个多月就能卖了。"

冬至说："这么快呀？"

谷雨说："要是不想让它下羔子，五六个月就能卖，大了反而不好卖。"

冬至说："这样啊，我明天得去帮我表弟盖房子，等我帮他盖完房子，再

把小羊拉回去。你再帮我喂几天行不?”

谷雨说:“行。”

冬至走后,谷雨媳妇问谷雨:“你真打算让冬至把小羊拉走啊?”

谷雨说:“当然了,那是他的羊。”

谷雨媳妇说:“可它是咱们喂大的。”

谷雨说:“那也是他的羊。”

媳妇说:“可是买牛奶的钱算谁的?喂大这只小羊,咱们一共买了十三箱牛奶,三十五元一箱,一共四百多块钱,这钱谁出?”

谷雨说:“当然是冬至出。”

媳妇说:“他要是不出呢?”

谷雨说:“不能。”

一晃又是半个多月,冬至还没回来。谷雨一直帮他喂养小羊,出去放羊的时候也带着它,挑草嫩的地方让它吃,晚上回来喂料时,总是多给它些,生怕它长不大,看见有别的羊欺负它,还帮它把羊轰走。谷雨对它格外用心,因为他觉得,这是冬至的羊,不能亏待了它。

这天来个买羊的。买羊人一眼就相中了冬至那只羊,问谷雨多少钱卖。

谷雨说:“你给多少钱啊?”

买羊人说:“六百。”

谷雨说:“不卖。”

买羊人又仔细看看羊,说:“我再加一百,七百。”

谷雨还是说:“不卖。”

买羊人说:“这个价可以了,我是想回去做母羊才给这么多的。”

谷雨说:“这是好羊,好羊的价格就得比别的羊高。”

买羊人说:“你真会卖东西,这样,我再加一百,八百,不能再多了。”

谷雨笑了一下,说:“你先等等,我去问问冬至,这是冬至的羊。”

谷雨给冬至打电话,问他卖不卖羊。

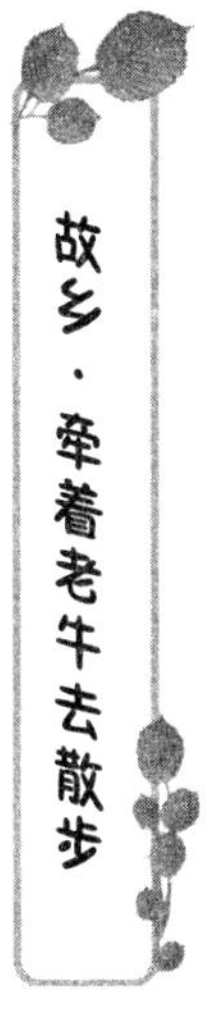

冬至在电话那头沉默了一会儿，说："那是你的羊，你说了算。"

谷雨就跟买羊人说："先不卖，等冬至回来再说。"

买羊人走后，媳妇跟谷雨说："要不，咱们把这只小羊留下做母羊吧，你看它身体多结实，将来肯定很能生。"

谷雨说："可这是冬至的羊。"

媳妇说："他又没喂过，都是咱们喂的！"

谷雨说："那也是冬至的羊！"

冬至回来后，谷雨让冬至把羊拉回去，冬至不拉。

冬至说："我怎么好意思拉呢，我就没喂过它。"

谷雨说："那也是你的羊。"

谷雨把羊送到冬至家，冬至又送了回来。

谷雨又送了过去，冬至又送了回来。

看着这只送不出去的羊，谷雨很头疼。他不知道该怎么处理这只羊，养也不是，卖也不是。最后，谷雨把它杀了。杀得媳妇很心疼，谷雨也很心疼。

谷雨把羊肉给冬至送了过去。晚上，冬至送来了羊肉钱。谷雨不要，冬至硬把钱留下了。

看着冬至送来的钱，谷雨心里忽然很疼。他后悔当初送小羊羔给冬至，他跟冬至这么多年的感情，竟被一只羊给毁了。

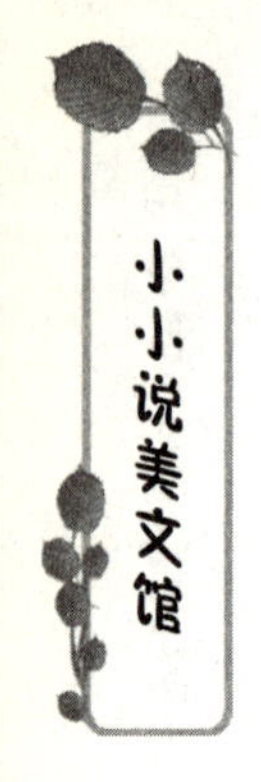

乡村牛事

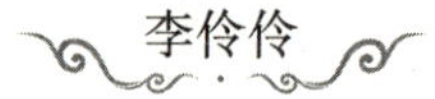
李伶伶

早上，立秋刚起来，韩五叔就来了，后面跟着孙老三和小满。

韩五叔说："立秋，跟你三叔说说，那天早上是哪头牛踩的我，花牛还是黄牛？"

立秋说："是那头花牛。我记得当时它跟黄牛顶架，你拿锄头打它，它就掉过头来顶你。我眼瞅着它把你顶倒了，还踩了你一脚，都来不及阻止。"

韩五叔听完转过头看着孙老三说："听着了吧，我没骗你吧，是你家的花牛把我踩伤的，不是我家的黄牛。我不是要讹你医药费。"

孙老三还没说话，小满就急了，说："立秋，你怎么能胳膊肘往外拐，向着别人呢？"

小满是立秋没过门的媳妇。

立秋说："我不是向着别人，确实是花牛把韩五叔踩伤的，我当时亲眼看见的。"

立秋目睹了花牛踩伤韩五叔的全过程，而且是唯一的目击者。

那天早上，立秋在山上锄草，忽然听见山下有牛叫声，还有人的斥责声，听上去乱糟糟的。立秋不知道发生了什么事，拿着锄头就往山下跑。

跑到山下，看见两头牛正在顶架。韩五叔在旁边一边喝止，一边拿鞭子

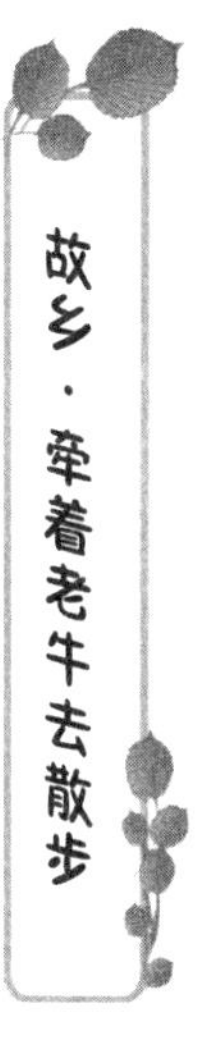

打它们，企图把它们分开。可是牛不听他的话，照样顶得欢实。韩五叔气得不行，见立秋手里拿把锄头，顺手抄了过来，照着其中一头花牛的身上就打了下去。花牛挨了疼，又掉过头来顶韩五叔。韩五叔躲闪不及，被花牛顶了个跟头，还没来得及起来，又被花牛踩了一脚。韩五叔疼得大叫一声，立秋忙跑过来把花牛赶走，又去扶韩五叔。可是韩五叔疼得起不来，手捂着肚子，豆大的汗珠不住地往外冒。花牛这一脚，刚好踩到了韩五叔的肚子上。最后还是立秋帮忙把韩五叔送到了医院。

小满不听立秋的解释，跑了出去。立秋忙追了出去。

立秋说："韩五叔确实是花牛踩伤的，他的医药费，确实应该你爸出。"

小满说："现在不是谁出医药费的事，我爸跟谁都说是韩五叔歪他，想讹他医药费，这回他的脸可丢大发了。他一辈子就好个脸面，你让他以后咋在村里待？"

立秋说："那我也不能说谎啊。"

小满说："是，你不能说谎，那以后咱俩怎么办？出了这样的事，我爸肯定不让我再跟你处了。"

立秋说："小满，你帮我劝劝你爸。"

小满说："我爸那脾气你应该知道，谁也劝不了。"

小满说完走了。

立秋去追她，却怎么也追不上。他就喊她，可是越喊，她走得越快。立秋很着急，喊她的声音也越来越大。

这时听见有人喊他："立秋立秋，你怎么了？"

立秋睁开眼，看见小满，才知道自己刚才是在做梦。

意识到自己是在做梦后，立秋深深地叹了口气，因为他并没有给韩五叔做证。

那天早上，韩五叔带着孙老三和小满来问他"牛踩人事件"的经过，立秋什么也没说。他知道花牛是孙老三家的后，就陷入了矛盾中。因为孙老三

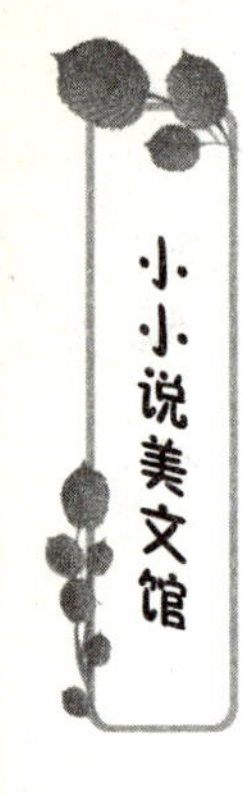

对立秋特别好,对他像对亲儿子,从来没嫌过他家条件差,也没说过他一句不好。老人家一辈子好个脸面,他要是给韩五叔做证……立秋不敢再想下去。

立秋失眠了好几天,最后选择了沉默。

韩五叔不甘心,又去法院把孙老三告了。可是因为立秋没有出庭做证,证据不足,韩五叔的官司打输了。韩五叔很难过,以后再没跟立秋说过话。比韩五叔更难过的是立秋,他恨自己没有勇气站出来给韩五叔做证,觉得自己不像个男人。以前挺活泼的一个人,变得沉默寡言了。

这年秋天,立秋的儿子考上了大学,立秋送儿子到火车站回来,刚进村,就看见一头牛追着一个十来岁的小孩儿疯跑。牛看样子是受惊了,所以才使劲跑。孩子吓傻了,一边跑一边哇哇叫。就在牛要撞到小孩儿的时候,立秋猛地冲了过去,推走小孩儿,自己被牛撞倒了。牛犄角像把匕首一样插进了他的身体里,血流不止。

立秋在医院昏迷了两天才醒过来。醒来后看到的第一个人是韩五叔。韩五叔来感谢他救了他的小孙子。

立秋说:"您老不用谢我,倒是我要请你原谅我。这么多年我一直觉得愧对您老,当初不该不站出来。"

韩五叔沉默了一会儿说:"一边是真相,一边是没过门的媳妇和对你像亲爹似的未来老丈人,我知道你很为难。"

立秋的眼泪忽然流了下来,他没想到韩五叔会这么说。

韩五叔说:"好了,别哭了,事情都过去了,以后谁也别想了。"

韩五叔说着拍了拍立秋的肩膀。

立秋靠在韩五叔的怀里,像个受了多年委屈的孩子似的,哭个不停。

窗外,太阳高照,是个少有的艳阳天。

乡间读书人

乡间的读书人有草木味的书香。

书到了乡间，就和泥土、庄稼、牲畜联系到了一起，成了它们的一部分，有了麦秆儿味，有了汗水味儿，有了炊烟味儿。乡间的生活未必诗意，乡间的阅读却伴随诗意。我常常看到这样的情景：一个放羊的老汉，躺在河坡上，天上云在飘，脚下水在流，他脱下鞋子当枕头，跷着腿，仿佛放浪形骸的古代贤人一般沉醉于阅读。我也常见这样的情景：一个小媳妇锄草或施肥归来，手脸不洗，就拿了一本书在瓜棚下或巷口看得入迷。此时，无论她的相貌美丑，她的姿态都有一种沉静之美、一种文化之美。女人一旦捧书在手，就有了神韵，有了雅致，即便她是一个村姑或农妇。

在乡间，书来之不易，读书人的图书来源稀缺，往往靠互相交换。他们的手是粗糙的，传递的动作却是恭敬的。这个村上和那个村上爱读书的人必然是最亲的朋友。他们读书，不求名著，自费出版的文集也好，拿了诺贝尔奖的名著也好；旧书摊上买的也好，捡来的也好；雅的也好，俗的也好，只要能说个事儿，他们就能看下去。他们对精神食粮和物质食粮一样要求不高，能打发掉时光就是好书。

但是他们也有寂寞的时候。这个寂寞来自交流的不便。有一次，我去

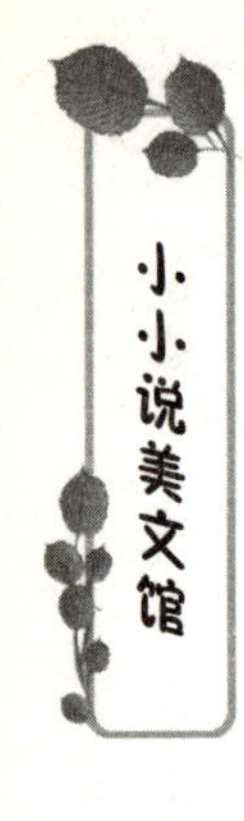

一个老同学家玩，他的父亲得知我爱好写作后，非常兴奋地和我谈起了《史记》，娓娓道来。我对《史记》并无研究，几乎接不上话。他说他前些日子看了一本盗版的《史记》，多有错漏，他竟然根据早年的记忆和自己对文字的理解一一加以纠正，让我佩服至极。

有一天，他找到我们单位，给我带来了一些土特产。我极不自在，我说："你是我长辈，不兴这样的，应该是我去看你。"

他说："我们是朋友啊，都爱读书。"

然后，他又说："你面色好像不太好，是不是经常熬夜？"

我说："是的。"

他说："不要太辛苦啊，看书作文就是玩，好玩就行了。"

我在感谢他关心的同时，却生出了自责：我的读书写作目的性强，为了发表，为了获奖，为了名气，丢失了多少纯粹的快乐？

我送给他一些书，他却嫌多，说一两本就够了，书多了反而乱心，要慢慢看才有意思。他回去后，给我打电话，说那天到小镇上下了车，就在河坡上看起来书来，看着看着睡着了，一觉醒来月亮都升起来了。我哈哈大笑。

他说："到家以后，我躺床上又看，看着看着又睡着了，结果烟头把被子烧起来了。"

我说："你是书迷啊。"

他说："不是不是，我一大早就起来去放鸭子了。"

是的，乡间的读书人只是为了乐趣，乐趣就是阅读的全部意义。他们的阅读不是为了考研，不是为了颜如玉和黄金屋，也不是要到哪里去卖弄，甚至不是为了长知识，在他们，阅读就是为了消遣，就是为了快乐，好玩，有趣！他们不会因为看书而疏忽了庄稼，忘记了饲养的牲畜。

我母亲也是一个爱读书的人。她是我们村里新中国成立前出生的唯一识字的女性，她写字习惯繁体，阅读则不论简繁。2008 年的秋天，我从广州回江苏老家，见到母亲戴着眼镜，坐墙边读书，发丝银白，我第一次发现身材

矮小、衣着粗陋的母亲是那么美。我想到老人家一生劳碌，想到她如此喜欢阅读却很少有阅读时间，想到自己并没有给她创造幸福的晚年，心头一阵难过。我没有叫她，只是站在不远的地方看着她。看她偶尔扶一下眼镜，看她的目光缓缓地在书页上移动。我感觉到那沐浴她的阳光仿佛都成了闪烁的文字，我感觉到她成了来乡间访问的学者。以往，因为母亲的性格过于刚强，对子女过于严厉，期望值过高，使我们在压力之下常和她发生口角，产生抱怨。但是那一刻我所有的抱怨都被她读书的姿态打败，同时，涌现了深深的幸福感，我为有这样的母亲自豪，我几乎流下泪水。好久好久，母亲在翻页后，抬起了头。我走向前，说："妈，你在看书，我回来了。"母亲仿佛有些害羞，笑笑，轻轻合上书说："我看得慢，半天才看几页，不晓得什么意思。"

我看到那本书的封面，竟然是风格前卫的《花城》杂志。这是我前一年带回家的，我想老人家看不懂也很正常。我问母亲："家里的书都喜欢哪些?"母亲说："逮到哪本就看哪本，磨时间，能看到字就好。"然后，又看着封面说："这本书也不错。有空还要看看，看书有意思。"

我琢磨着母亲的话，她说的肯定是大实话，只要看到文字就亲切，有意思就行，但是其中未必不隐藏着她对昔日人生的缅怀。她曾说，当年，她执意嫁给有过婚史的我父亲，原因就是看中我爷爷是私塾先生，我父亲有一手好字。虽然，时代的风暴无情地摧残着这个家庭，也打碎了他们想象中的美好爱情，但是，母亲没有抱怨书，没有抱怨文化，她也希望我们成为有文化的人。看着取下眼镜的母亲，仿佛转瞬间她又变了一个人。我一直后悔那天没有带相机，拍下母亲读书的样子。

我想那是文化的面目，是文化的姿态。

乡间的读书人，读书不是为了文化，但是能够享受文化，这种享受又在不经意间传承了文化。我会永远记得那一天，阳光饱满，文字闪烁，我跟在母亲身后，嗅着乡间的草木，嗅着散发草木味儿的书香……

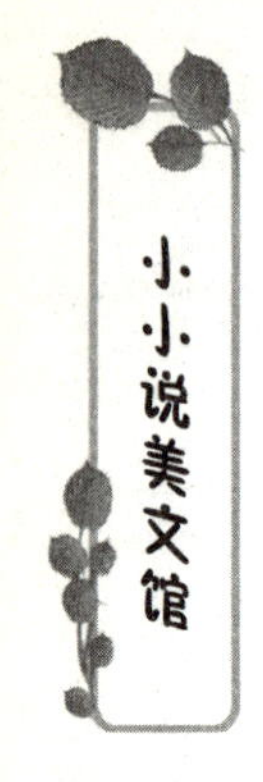

田园牧歌

袁省梅

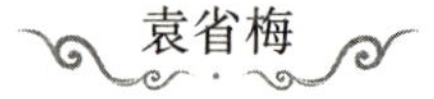

二孬背了一捆草回来，媳妇喊他吃饭，他不吃，叫媳妇出来先把草铡了。

媳妇嘟着嘴不满地说："就在这一会儿啊，我看你待这牛比待你爸还上心。"

二孬不叫媳妇扯这些咸淡话，说："赶紧把草铡了把牛喂上，别牛还没吃饱，人家陈老板来咧。"

羊凹岭西沟荒了好多年了，没人承包。陈老板花了一点儿钱就跟村里签了三十年的合同，雇了二孬和他媳妇管理沟地。沟里种着菜，还种着玉米红薯花生，沟边上崖畔上还有枣树核桃树。

沟里活儿多，二孬两口子忙不过来时，陈老板就叫二孬雇人。

陈老板还说："咱只有一个目的，就是把这沟地种好，让这些瓜瓜果果长好。"

陈老板还说："现在有这么一片地多金贵啊，花钱是小事，要把地利用好。"

二孬听陈老板说得有情有理，就到村里唤了几个人来干活儿。明明讲好了工钱，干到半截，那几个人却撂下不干了，说："太累了，工程队干一天活儿还挣八十块哩，你才给三十。"

二孬没法子，给陈老板说了，陈老板二话不说就同意加钱。二孬看那几个人干得欢喜，心里就嘀咕开来，还是人家陈老板有肚量，不计较这地里活儿的轻重就给加钱。二孬心说，难怪人家不爱跟农民打交道，素质低，麻烦。

让二孬没想到的是陈老板在沟边上盖了两间房、一座凉亭，叫二孬和媳妇搬过来住，说沟里的活儿多了，住到沟里，省得来回跑。二孬高兴得逢人便说陈老板的义气、陈老板的善心。

二孬不愧是干农活儿的好把式，把沟里的瓜果蔬菜打理得一天一个样，该绿的绿，该红的红，郁郁葱葱，生机盎然。陈老板也比以前来得勤了，今天带张局长李厂长来，明天带王主席赵镇长来。来了，先带着人在沟里转悠一圈，指着沟里的瓜菜说："都是农家肥，不打一滴农药不下一粒化肥。"

二孬在一旁给那些人摘菜摘瓜果，听着那些人说茄子长得好，玉米穗子大，心里就灌了蜜糖般甜，手下就越发快了。

那些人看完，还要在凉亭下吃饭。那些人吃着二孬端上来的嫩玉米热红薯煮花生，都说真好，说："这才是田园生活，美。"

那些人吃了喝了，还要带些回去。不用陈老板吩咐，二孬把瓜果都摘好

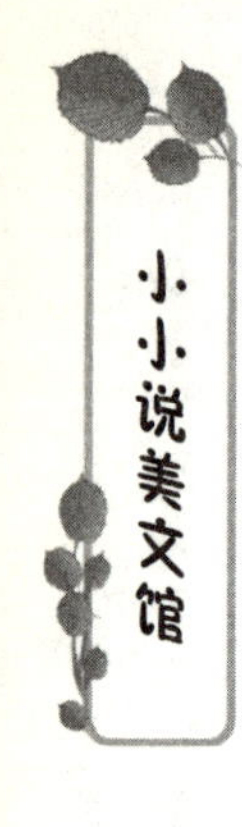

装好了。

沟里的瓜果蔬菜再多，也有不赶趟见到黄土的时候，陈老板带马局长吴科长来时，就悄悄吩咐二孬去市场买去。

二孬说："买来的跟咱这不一样。"

陈老板说："你不说谁知道？拿到咱地里了就是咱地里长的。"

前几天，陈老板给二孬一沓钱，要二孬买头牛回来，二孬不明白陈老板的意思，说："咱这地高高低低的牛使不上劲，还得买饲料喂养。"

陈老板说："买饲料没问题，你喂，我给你加工钱。"

二孬就牵回来一头黄牛。

二孬铡着草，问媳妇知道陈老板为啥买牛不。

媳妇白了他一眼，叫他快点儿铡，说："人家买牛算啥，就是买只猴子耍，关你屁事！"

二孬刚把牛喂饱，陈老板开车来了。嘀嘀呜呜，一下子来了三辆车，车上下来好些人，有男人，也有女人和孩子。沟里一下就热闹开了，那些人摘酸枣打核桃，还站在沟畔崖边摆着姿势照相摄像。

陈老板悄悄吩咐二孬把牛擦洗干净，说："今儿个来的马局长你知道不？咱县里的，还有他老婆孩子，一会儿他们要跟牛照相。"陈老板说，"牛是马局长的老婆提出来的，说要有牛这沟地才像个田园，才有个田园味儿。"

二孬点了头，心说陈老板买牛原来是为了县上的马局长。县上的哪个马局长，二孬不清楚。

那伙人果然要跟牛照相，站在牛边照，骑在牛背上照。马局长也要骑在牛背上照相，肥胖的身子骑上去，牛哞哞叫了好几声，惹得旁人哈哈大笑，都叫马局长扮个牧童，田园牧歌，多好。有人折了截儿树枝给了马局长，肥嘟嘟的马局长就把棍子横在嘴边，做起了牧童吹笛状，旁人又是一阵哄笑。

二孬蹲在菜地收菜，心里直挂念牛。陈老板过来给了他一条白毛巾，叫二孬系在头上，牵上牛，那些人要跟二孬和牛照相。

没几天，陈老板又领来几个人来沟里玩。同样摘了菜摘了瓜果，还要跟牛照相、跟牛和二孬照相。

有一天，陈老板打电话叫二孬把牛刷洗干净，说一会儿有个重要人物来，二孬突然觉得很恼火，还有些委屈，两股气纠结着在心里搅腾。

二孬叫媳妇回家，说不干了。媳妇不明白，说："陈老板对咱这么好，给的工资也不低，咱还能把咱地里的庄稼管了，到哪儿找这么好的活儿？"

二孬黑着眉眼不吭气。媳妇说得没错，可那股火在心里搅扰得他难受。

二孬把头低在两腿间，想：他们不是想跟牛耍吗？我就让牛睡不醒。

这样想时，二孬得意地笑了，倏地站起，扑嗒扑嗒地走了。

媳妇问他："去哪儿？陈老板就要来了。"

二孬没理媳妇，向保健站奔去。

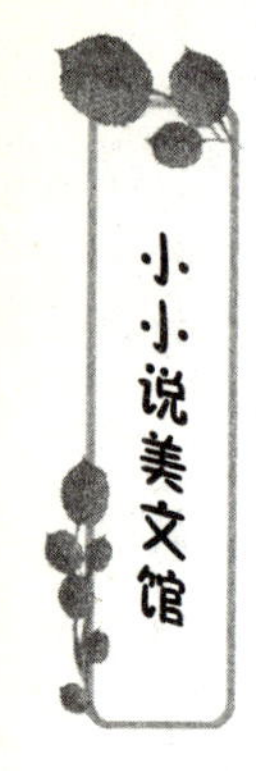

付庄的路

付庄的路本来能修好的,两回都让三叔搅黄了。

第一回,县建设局来奔小康,先修路。几辆铲车开进村来挖地基,路原本不直,工程员用白石灰画了印儿,要拆一批房。人家都通过了,到三叔这儿打住了。他提的条件吓人,气跑了村干部。三叔往地上一躺,说谁敢碰他一根指头,就让大叔把谁铐了去。

大叔在市公安局当科长,庄里谁家犯了案都得求大叔,自然要高看他几分。大叔为人很耿直,能办的事就给庄里人办了,不收礼,不让庄里人乱花钱。三叔却打着他的旗号给别人跑事,要钱要物,说是给大叔送礼的。做了好几回这样的勾当,大叔知道了很恼,要用巴掌扇他。

这回他抬出大叔,村干部知道大叔不会阻挡修路,就一笑:“老三你别喷了,到你哥跟前你还不是一只见了猫的老鼠,敢吱一声?”

三叔一骨碌从地上爬起来,说:“不信咋的?俺给俺哥打过电话了,这是俺家几辈人留下的老宅,风水全在这座院了,要不也不会出他这个大官。房一拆,冲了脉气,他这官当不成不说,下一代还要遭殃。俺哥一听就急了,给俺放了话,说谁敢拆就拿铁锨拍谁个孬孙,拍死他抵命,住院了他拿钱治。不信你们打个电话问问,俺哥绝不会让拆老宅。不信,这会儿就打。”

村干部听了,想想也是这个理,就摇摇头,叹口气收兵回营。建设局的人很恼火,又不好出面,气得连夜把铲车撤走了,拉来的几车水泥也没卸,车掉头就走。

后来大叔听说了这件事,气得用手铐摔了三叔一头疙瘩。原来大叔根本没接过三叔的电话。再找建设局,迟了,奔小康结束,人家扛个黄旗气呼呼地撤了。付庄的人都骂三叔,三叔却不知羞,还以为自己多有能耐。往街上走,一步三摇晃;跟人说话,肩膀也一抖一抖的。

第二回,也就到了今年。扶贫、奔小康都过去了,付庄的人只有靠自己出钱修路。一家三百两百,村集体穷,拿不出多少钱,缺口很大。恰巧付庄出了个白血病患者,省里一家私营企业老板捐了五万块钱,秘书来送钱,村干部出面接待。说到付庄的路,表示可以回去跟老板说说。一说,老板爽快地答应了,支援几百吨水泥,付庄的人高兴疯了,天天盼着人家的水泥。谁知又让三叔搅了。

三叔这些年好吃懒做,日子很紧巴。三叔还有个毛病,找人借钱借东西,说得比天塌下来都要紧,一到手,再不提此事。

我就经历过好几回。下班回家,胡同口蹲着一人,呼地站起来,是三叔,说三轮车叫运管所扣了,罚三百块,把我兜里的大张小票一股脑儿摸了去。又一

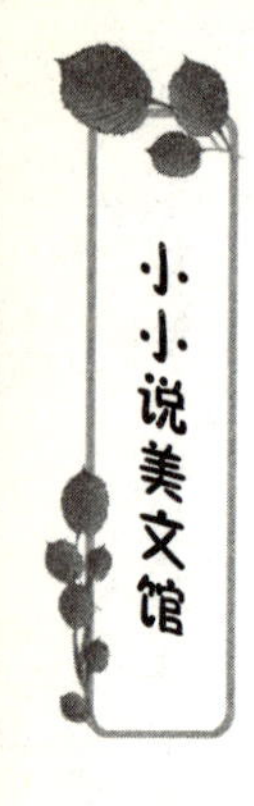

回下班回家，胡同口又忽地站起来一人，还是三叔，说三婶去医院透视抓药钱不够……借了钱，三年五年不提，我回老家，三叔见了我拐弯走，躲我。

其他亲戚也是这样，几乎让三叔借遍了。三叔缺钱，就想着法致富，在村口开了一个修配点。嫌修车的少，就往修配点前后两三里处摔啤酒瓶，生意很是红火了一阵。

这一天，几辆货车经过修配点，一只备用胎掉下来。三叔见了，兔子一般蹿过去，把备用胎推过来藏进了屋里。一会儿货车司机找了来，问三叔，三叔摇头，说："谁见你的狗屁备胎了？"

人家问了一圈明白了，又来找三叔，问三叔要多少钱。

三叔伸出一根指头，司机猜："一百块？"

三叔眼一瞪："打发要饭的啊？一千块！"

差点把司机吓个跟头，最后给了三叔四百块。

几天后，省里那家私营企业往村里送水泥，开车的人竟是那个司机。司机好不恼火，拨通老板的手机，说了备用胎的事，问老板："这样的刁民，咱也帮他？"

老板一听也很生气，命令他们马上返回，一包水泥也不要给付庄。

这回付庄的人真恼了。三叔家的玻璃被砸了个稀烂，门上抹满了臭泥巴，三叔的小孩也让班里的学生打了一头疙瘩。三叔去找人家家长，结果又让按住捶了一顿。回到家，三婶也跑了，还说跟这么个倒霉蛋过日子，没意思。三叔一急，犯了脑血栓，扑通一下倒在地上。

病好出院，三叔落了个嘴歪眼斜，走路也不利索，手里多了一根拐。三叔本来还该在医院住一段时间，可没钱交药费，提前出来了。也不敢在县医院开好药，就在村里开一些心痛定、尼莫地平片一类的普通药。去借钱，没一家借得动。以前三叔见了亲戚躲着走，现在是亲戚们见了他躲着走，怕他张口借钱。

一瘸一拐的三叔，硬是把付庄的路走歪了。

洗澡记

赵文辉

村委会主任小星是文玉一手提拔上来的。为了感激村支书的栽培，村里的事小星总是抢着干。

劲儿用大了，有些事就做过了。就跟短跑比赛一样，狠劲冲，结果把裁判也撞翻了。

小星就是这样，乡里来了领导，文玉还没吭声，他却先打了招呼，握住乡领导的手不松；村里有个红白事请干部，小星嗓门贼大，指三挥四，文玉没了说话的份儿。事情越来越严重，小星走路居然也走文玉前头了！文玉的眉头皱成了疙瘩，心里也沟沟壑壑地不平起来。

秋里庄稼被砍倒后，来了一支“秸秆禁烧工作队”，一行五人全从县教育局抽调。送他们来的是一辆“依维柯”，像只大犀牛威风凛凛地停在村委会门口。村干部从里面迎出来，小星不知不觉又走到了文玉前面，和工作队队长吕科长握手问好。其他队员把他当成了支书，一一与他见面，却冷落了一旁的文玉。文玉在心里狠狠冷笑了几声。

午饭安排在村会计家，整了几个家常小菜，酒是当地生产的“百泉春”。会计告诉工作组，酒是文玉自己掏钱买的，菜是他家自留地长的，今天用家宴欢迎大家。

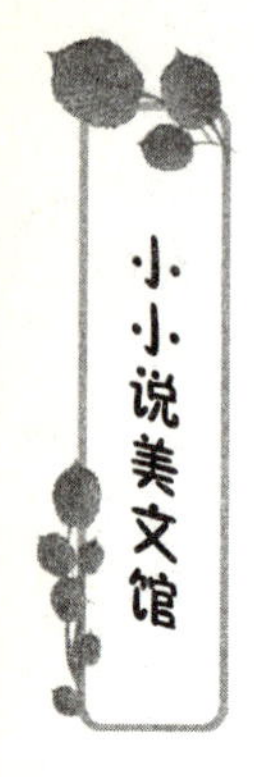

刚端起杯，文玉就对小星说："两位主要领导不能都在这儿喝酒，你喝了这一盅赶紧去南地看看，要是哪家趁这时候把秸秆烧了，咱可全完蛋了！"

小星本想跟吕科长他们猜几个枚，他还会喝"楼上楼"，这下子全用不上了。小星只好将酒喝下，又往嘴里填了一筷子猪头肉，匆匆去了。

文玉心里说：不怕你能，就怕不给你这个机会！

谁知才一会儿，小星竟回来了，一进门就向文玉汇报："我巡逻了一圈儿，没啥问题，为了保险起见，我又让支委们组成临时巡逻队，重点在南地……我赶紧回来，说啥也得给吕科长敬个酒！"

文玉一听，气不打一处来，却又不好发作。刚喝了两盅，文玉忽然一拍脑袋，猛然想起什么似的，说："我差点儿忘了，下午乡里有个综合治理会，两点开始，你赶紧去吧！"

小星的"楼上楼"又没表演成，肚子还是空空的。他不情愿地站起身，朝那盘牛肉狠狠盯了两眼，去了。

等小星从乡里回来时，酒事已经结束。小星说："支书，会不是今儿个开

的……”

文玉很夸张地拍拍脑门儿,说自己糊涂了:“嘿,明儿个的会我咋记成今儿个的了?”心里却乐开了花。

下午开会布置禁烧工作,文玉总觉得小星碍眼,一个念头砰地冒出来。

晚上文玉悄悄把村里福堂约到家里。

福堂当年和小星竞争过村委会主任,落选了却一直不死心。

文玉开门见山问他还想不想当村主任。

福堂回答:“谁不想谁是这个——”

用手比画了个王八。

文玉笑笑,说:“秋罢又该换届了……”

福堂多精的人,赶紧求文玉指点:“你可得支持我!”

文玉说:“我只能在‘两委会’上把你当作候选人提出来,选上选不上全看你的群众基础了。”

福堂屁颠屁颠地走了,第二天就开始培植自己的“群众基础”,村里的大街小巷挂满了标语:“赵福堂向全村父老问好!”“赵福堂保证把养老院建好!”

过八月十五,福堂又挨家送了两盒月饼、一小壶花生油。

文玉看在眼里,喜在心头,没人的时候就想哼哼几嗓子。这天去河边溜达,见四下无人就扯开嗓子来了几句《朝阳沟》:“走过了一架山,翻过了一道岭……”

河里忽然钻出一个人,夸他:“支书唱得不错呀!”

文玉吓了一跳,见是吕科长。文玉知道秋水伤身,赶紧冲吕科长摆手,让他上来。

吕科长爬上来,一边用毛巾擦身,一边解释,他坚持冬泳多年了,不碍事。秋天正是冬泳的开头。

文玉松了一口气,瞅着冷冽的河水问吕科长:“冬泳没点儿硬劲可做不

来，你是哪一年开始的？”

“说来话长，这里面还有一个故事呢。”吕科长告诉文玉，是他当中学校长时的事儿。那时在学校，他每天喝水都是办公室烧好送来。有一天一直到半上午，还不见送开水。他就去了一趟办公室，原来水已经烧好了，只是负责送水的小王去县里送材料，又没交代别的同志。水就在小王桌子角搁着，伸手就可提走。可他嫌提水掉份儿，就一声不吭离开了办公室。过后越想越惭愧，越想越觉得难为人师表。为了洗去精神上的垃圾，他跳进了满是冰凌的河里……吕科长叹一口气：“瞧瞧我当时精神垃圾有多厚，都结成茧了。好多人，都让这些垃圾给埋了、毁了。”

文玉听了，脸红起来，像被人掴了一巴掌。自己这些天都对小星做了些啥呀？想一想，越发脸红开了，好像又让人掴了一巴掌，他忽然甩掉鞋呼呼啦啦把衣裳扒了个精光，不顾吕科长劝阻，扑通一声跳进了河里。跳下去的瞬间，文玉扯着嗓子喊了一句：“洗澡了！洗澡了！”

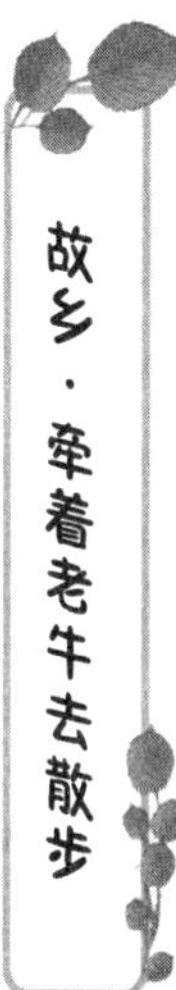

牵着老牛去散步

季　明

老郑站在这片荒草地上,向远处眺望。那里,是城市的边缘。

说是远处,其实也不太远,仿佛一伸手就够得着。城市扩展的步伐很快,就好像是一滴墨水落在宣纸上,迅速洇开来,瞬间便会淹没这片荒草地的样子……

几年前,老郑所在的棚子村,就已经被它淹没了。

老郑望了一会儿,弯下腰,开始割草。这片荒草地,虽然地处郊区,但离城市近,又紧靠公路,所以,草叶上沾满了细细的灰尘。老郑尽量选那些鲜嫩的割,半晌,终于把袋子装满。

老郑拎着那个袋子,顺着小道,向不远处的公路蹒跚着走过去。公路上,一辆小车正停在那里,老郑的儿子嘴里叼着烟,一个胳膊肘支在车顶上,手托住下巴,正用散漫的目光看着渐走渐近的老郑。

上了车,儿子说:"切! 就为这点儿草,跑这么远的路,真不值,汽油又涨价了!"

老郑说:"你要不送,下次,我自己步行来!"

儿子看了老郑一眼,不吭声了。儿子孝顺,绝不会让老郑步行来割草的。

过了一会儿,儿子又说:"爸,养那牛,费劲,卖了吧。"

老郑黑着脸，不说话。儿子说：“不种田，养这牛干啥哩？”

老郑火了，说：“别打这主意，要卖那牛，除非先把我卖了！”

儿子再也不敢吭声了。

这牛，是棚子村的最后一头牛了。当然，棚子村已经被城市吃掉，不复存在，现在是县城的棚子社区。在被城市吃掉前，村里的农户都把牛卖了，唯独老郑舍不得，坚持把牛养了下来。老郑的脾气犟，家人拗不过，只好在后院里盖了间小牛棚，供老郑养牛用。

这牛温顺，力气大，犁田耙地使起来顺手，还是小牛犊时就来到了老郑的家，已经二十多年了，老郑跟它的感情厚着呢。

回到家，老郑把青草放在水池里，仔细地冲洗干净，然后，往牛棚里送。卧在地上的牛看到老郑，立马站起来，伸长脖子，脑袋一上一下地晃动，支棱着双耳，忽闪着大牛眼，冲老郑亲热地打招呼。

老郑把青草递过去，牛低头嗅了嗅，用长舌卷起草，津津有味地咀嚼起来。

老郑燃起一支烟，说：“老家伙，吃饱啊，这样才有力气。”

喊它老家伙，是有道理的，二十多岁的牛，已经非常老了。

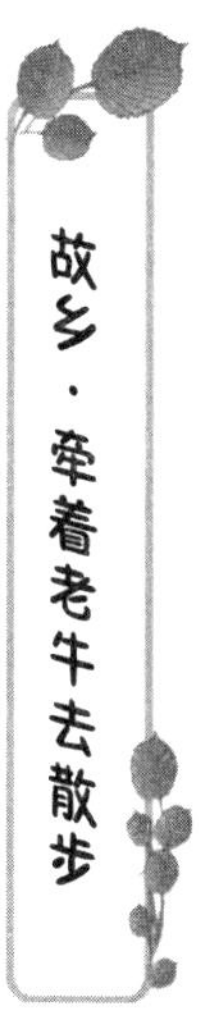

接着，老郑又叹了口气，说："割青草的地方，越来越远喽……"

吃饱了肚子的老牛，抬起头，"哞——"地叫了一声，用温顺的眼睛静静地看着老郑。老郑伸手，轻轻地拍了拍它的脑袋，说："饱啦？走，是散步的时候了。"

老郑牵起老牛，一前一后地出了门，来到街上。

邻居见了，就会打招呼，说："嗬，这俩老家伙，又出来散步啊？"

老郑说："闷得慌，出来遛遛。"

也有人说："老郑啊，见过遛猫、遛狗的，还没见过遛老牛的哩！"

老郑"咦"了一声，睁大眼睛，不高兴地说："这有啥奇怪的，俺跟这牛，打了二十多年交道，习惯了，碍你屁事！"

那人不说话了，只用怪异的眼神盯着老郑。

老郑倒背双手，牵着牛绳，老牛跟在他的身后，不紧不慢地迈动着脚步，"啪嗒啪嗒"的牛蹄声在棚子社区的街道上，缓慢、清脆而又悠长地响起。人们忽然觉得，老郑的岁月，似乎就是被这悠长的牛蹄声踩出来的，那么踏实。一瞬间，连街道上喧嚣的噪声，也好像被这牛蹄声踩踏得安静下来。

这牛，已经成了棚子社区一道独特的风景。

有一次，一个牛贩子拦住老郑，问："老头儿，这牛卖不卖？"

老郑问："你买它干啥？"

"宰了，卖肉。"

老郑火冒三丈，吼："小子，这牛，老子活着养、死了埋，打死也不卖！"

走了一截儿，老郑扭转身，又冲那个一头雾水的牛贩子吼："知道啵？这牛，是老子的宠物！"

牵着老牛散步，熟人们早已司空见惯，而陌生人看到，不免有些奇怪，便会停下脚，用诧异的目光盯着老郑和牛的背影。那牛，实在是太老了，缓慢的步履有些踉跄，似乎随时都有倒下的可能。

也是，或许明天，这老牛就会倒下，那样，棚子村，不，应该说是县城棚子社区的街道上，就再也不会有牛的身影了。

斗气儿

宋志军

刘根柱在村里刘姓中辈分很高，平时很少有人叫他的名字，在大家的口中都是“根柱爷”“根柱伯”，能叫他一声“根柱哥”的，也就那么几个人。但有一个人却例外，总是“根柱、根柱”地对他直呼其名。这个人是牛百成，是村中另一个大姓牛姓中辈分最高的人。二人的年龄相差不多，刘根柱也就比牛百成大上两三岁，因两人不同姓，无法论辈分，但刘根柱心里想自己比对方大上几岁，对方叫声“根柱哥”总应该吧，偏偏牛百成不愿俯就，总是直呼其名。这让刘根柱每每有点不快。所以二人总爱斗气儿。

刘根柱和牛百成年轻的时候，可是村里最有能耐的两个人。刘根柱干得一手好农活，是有名的庄稼把式。而牛百成却会一手好厨艺，谁家有个红白喜事，总是请他去掌大勺，好烟好酒地伺候着，临了还要恭恭敬敬地奉上红包。二人既有超出凡常的本领，又是各自姓中辈分最高的人，你说要让其中的一个向另一个服软，可能吗？

最让刘根柱怀念的还是每年夏收的季节，那时候最忙最紧张的时候是打场。打场是夏收的重头戏，大致分摊场、晒场、碾场、扬场几个环节。清晨一大早把头一天收割回来的麦秧摊开在场片子上，等到中午麦秧晒干的时候，就套上牲口，拉着石磙碾场，中间还要一遍一遍地翻场，等麦粒全部脱下

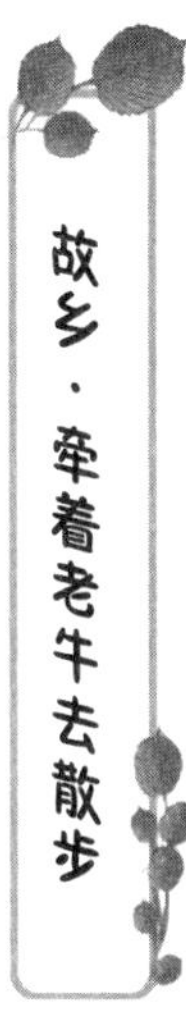

来后，再把碾过的麦秸用叉子一下一下地清理干净，然后把混杂着麦糠的麦粒拢到一堆，剩下的就是扬场。扬场可是个技术活啊，如果没有高超的技艺，风大了会把麦粒也撒到麦糠里面，风小了又不能把麦糠扬出去。刘根柱当年可是村里一等一的高手，他不管风大风小，都可以把麦糠扬出去，而且可以让麦粒堆成直直的一道线，而扬出去的麦糠则铺在一边，由厚到薄，整齐如一张打开的扇面。刘根柱有这手绝活，可是没少给自己争彩头，往往是把自家的场扬完后，还被请到别人家的场里去帮忙，甚至在他扬场的时候，会聚上来一帮年轻媳妇看热闹，给他喝彩。这让他心里要多受用有多受用。

可牛百成却不把他这一切看在眼里，每到夏收的时候，人家牛百成根本用不着自己动手，自会有他的徒弟们帮着，用不上一天就可以把干净的麦粒装袋拉回家了。牛百成则忙着走东村、窜西村给人家掌勺，好烟好酒不断，还有红包收着。

然而还是有一年夏收让刘根柱在牛百成面前扬眉吐气了一回。

打场的时候最怕变天，而夏天的雨来之前往往先胡乱地刮上一阵怪风，那风忽大忽小，而且方向不定，让人难以把握。那一天刘根柱刚把自家的麦场收拾干净，天气就变化了。而相邻的牛百成家的场才刚刚拢了堆，面对着忽大忽小、忽东忽西的风，牛百成的徒弟一个个傻眼了，谁也不敢上去扬场。听着天边的雷声轰隆隆地越来越近，牛百成一时间犯了难。

在一旁的刘根柱见此情景，不由暗自得意。

就在这时候刘根柱一点也没有察觉牛百成的儿子牛志远正拿一种别样的目光向自己的女儿刘玲儿瞅着。刘玲儿和牛志远在镇上的高中上学，俩人私下里十分要好，只是因为双方的父亲一向不和，所以就瞒了个结结实

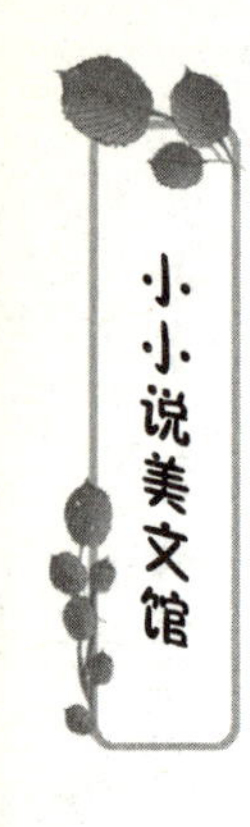

实。刘玲儿很快读懂了刘志远的目光，走到父亲面前，说："爸，都是乡里乡亲的，你怎么能看人家的笑话呢？还不快去帮牛叔家把场扬了。"

刘根柱听女儿这么说，心里也爱惜粮食，尽管他和牛百成不和，但他却不忍心看着快到嘴里的麦粒淋到雨里，于是就走过去，拿起木锨，快速地扬起场来。只见他甩开膀子，把手中的木锨使得上下翻飞，随着风势的大小和风向的变换，随时调整着自己的动作，很快就把场扬完了。这边刚把干净的麦粒装进麻袋，那边一个炸雷响过，那雨就哗哗地下了起来。牛百成见此情景，十分感激，走上前来，低低地叫一声"根柱哥"，递过一根好烟来。刘根柱听见牛百成叫了哥，心花怒放，接过烟任由牛百成点上，惬意地吸了起来。可他和牛百成都没有在意两家的儿女却不停地拿眼睛互相传着情，还偷偷地笑着。

也就是那一年，牛志远和刘玲儿高考失利后，双双出去打工了。一年后，再回到村里的时候却已是三口人了，二人的怀里多了一个白胖的男娃娃。

二人的私下结合把刘根柱和牛百成都气得不轻，有心不认吧，可又打心眼里喜欢自家的孙儿，于是握手言和，由牛百成亲自下厨，两家人和和美美地吃上一顿饭，也就算圆了这门亲事。

如今刘根柱和牛百成在村里都不吃香了。现在种庄稼几乎都是机械化操作，刘根柱的绝活派不上用场了。而农村办婚事的大都到饭馆里去请客，很少再有以前那样在家里摆席面的，所以牛百成也很少有人再请他掌勺了。

牛百成和刘根柱只能无奈地待在村庄里。空空的村子里除了几个老人外，还有一些小孩，而且这些在家的老人和孩子还有了一个新名称，叫留守老人和留守儿童。

想想也真是的，这两人年轻时经常斗气儿，可如今不仅成了儿女亲家，还成了这村里的少有的相熟相知的老朋友。二人不再在意对方怎么称呼自己，见面总是"根柱""百成"地叫着，他们生怕如果不这样叫上几次，他们会把自己的名字都给忘掉喽。

八　叔

范子平

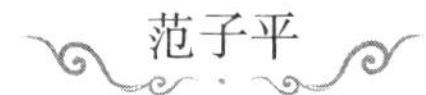

八叔和妻的娘家在一个村，与妻并不同姓。妻喊他八叔，我当然也随着喊八叔。八叔的父母早亡，不曾婚娶，又无兄弟姊妹，继承了祖上衣钵，开一间中药铺为生，把脉开方自得其乐，寻医求药者倒也络绎不绝。八叔圆脸薄唇，平生爱侃，称天文地理无所不晓，侃起来眉飞色舞滔滔不绝，岳父背后说他“吹破牛皮”。

那次我到岳父家，八叔正从门口过，看到我就老远伸出右手大步走过来，握住我的手使劲摇着，说道：“贤婿别来无恙乎？”

那话说得让人别扭，但八叔就这样。我只好虚与委蛇：“药店生意好吧？”

八叔道：“我意不在赚钱，只求救死扶伤。”

我说：“高风亮节才是真名医。”

八叔扬眉道：“日常杂疾不在话下，疑难绝症方显医术。那年仲夏我在中医学院进修，一位省领导因其母口舌生疮多年，扶母求诊。教授对症下药，老人沉疴难瘥，每况愈下。再来，群医束手。余乃请缨，品脉后断为肝肾阴虚积久，虚火上炙，以温补加滋阴，开方一剂，让连吃五服，告其曰，信我，则一周好转，两周根除，不信我则另请高明。当月果然痊愈。教授拍案叫

绝，体制！体制！如此回春国手，不能留校传道授业，恨事！”

八叔正讲得兴起，屋内脚步声杂沓，原来岳父背着手，妻舅也别着脸前行后跟出了屋子。我们这地儿讲究“医生门前过，有事没事请到家里坐”，如果不是太听不惯八叔海吹，岳父和妻舅是不会这样难堪的。

又一次来岳父家，八叔正在街口对村主任吹他书法之出类拔萃，村主任没听几句扭头便走，又给八叔个难堪。我正好走到跟前，为避免尴尬接口道：“八叔，回头我得求幅字。”

八叔当了真，拉我到药铺看他的医疗笔记，记载着每一位就医者病症所来、方剂内容、好转痊愈情况，皆毛笔行书，颇见功力。八叔为我写了一狂草条幅，装裱后亲自送来。

我打开做认真欣赏状，说：“真如天马行空，咱县书法大赛司马煜拿的金奖，你以后也参加呗。”

八叔道：“不过舍得甩钱而已，我羞与哙为伍。”

我说：“你看中医有空练书法？”

八叔说："名医自通书法，李时珍、张景岳、萧九贤哪个不是书法大家？书、医、道一体方能悬壶济世。"

我半信半疑，嘴上却说："我找到您神医的秘诀了，那就是书医道一体。"

不过是重复他的话，八叔却大受感动，攥紧我的手道："惺惺相惜，人生得一知己足矣！"

那年冬天特冷，我因此得了哮喘，多次到县市医院就诊，收效甚微。八叔听说了，找到家为我品脉，又查看我各类检查单子，大言不惭道："哮喘亦我重点研究之症，你是壅阻肺气，阴虚阳盛，热蒸液聚，痰热胶固。贤婿放心，县二中校长的哮喘比你还严重，已完全治愈。清热化浊，培养免疫力，三十服药除根。"

我知道他爱吹，不以为意，为顾面子勉强点头。第二天八叔就骑车载了十五包草药过来。

我说："八叔，我这病恐怕难好。"

八叔正色道："扶正祛邪，先在于心。"

我要给钱，八叔怒道："难得知己至交，岂染铜臭乎？"

我想，市县各医院跑遍，无一敢说能彻底治愈，八叔毕竟江湖郎中，会行？八叔一走，我就将那大包小包的草药丢了。

过了半月，八叔又来，观气色察舌苔品脉搏，惊道："没用药？"

我忙掩饰道："吃了，吃了。"

他喃喃自语："或又加班熬夜所致？"

我说："也没啊。"

他说："心诚则灵，望按嘱服用。"

这次八叔调方抓药亲自煎好，买了分装瓶，把药装好给我送来，说："正值三九，存于外屋即可。"

我十分感动，想：这药要真的管用就好了，就怕难逢这等好运。

谁也想不到，八叔就在骑车回家的路上遭遇车祸，没送到医院已撒手尘

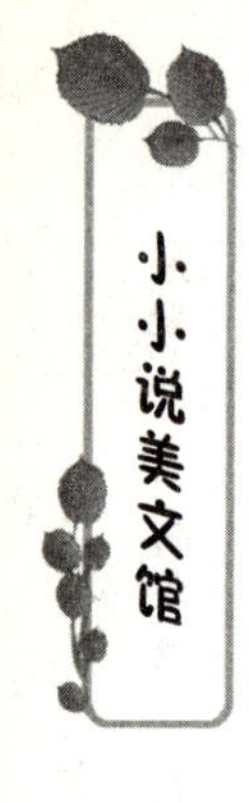

寰。他家族近门无人，几个远房弟侄争分八叔的存款和库存药材，连中药铺房子也刨了分砖瓦。

我十分悲痛，含泪送了花圈，深深四鞠躬，回到家中，一眼看见那十五瓶煎好的汤药，不由想起八叔的好，为示纪念，定要将这十五瓶药吃到肚里，即便全然无效也遵嘱服用。我一天一服，分外认真，还未吃完就觉症状大为减轻，难道八叔真研究出了治哮喘的秘方？但八叔的医药书籍存方及多年的治疗笔记，连同八叔的衣帽鞋袜，皆在弟侄们的争闹声中付之一炬。我徘徊在中药铺遗址，喟然长叹。

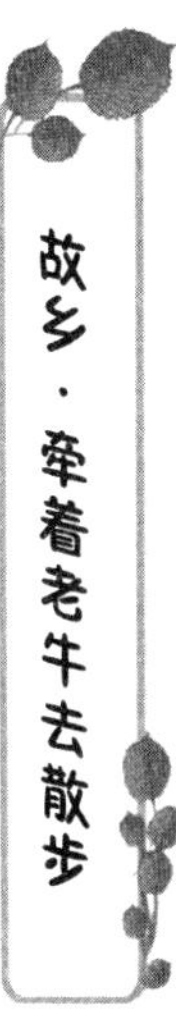

桥

刘立勤

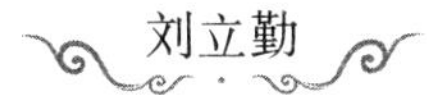

“你这房前要是有一座大桥就好了。”“要是有了大桥,那你的前程就会不可限量。”几乎每个风水先生都这么说。

其实不用风水先生说,他自己也知道自家房子的风水好,后面是连绵起伏的大山,前面还有层层叠叠的大山,十分难得。而且门前是一条县道,县道外是一条河,坐山面河,真的是一块风水宝地。遗憾的是河上没有桥,要是有了桥,就可以直接由县道连上国道,连接县城,连接省城,连接北京,顺风顺水,更是美得不得了。

可惜,河里没有桥。他父亲早就想修一座桥来着,谈何容易！房子还是石板房,哪来的闲钱修桥？他父亲也曾找过几户邻居,邻居都说好,有桥多方便。真正想修桥的时候,谁家都不愿意了。谁都知道修桥是一件不容易的事情。

他父亲又找到村主任,村主任说:“全村一千多户,给你五户修桥,可能不?”其他人是指望不上了,那就靠自己,他父亲自己修桥。河道宽,河道里石头也多,他父亲就把河道上的石头排成一溜溜做成桥墩,然后在自己的自留山上砍来树木固定在桥墩上,一座十分简易的木头栈桥就架通了。

桥虽然不好看,却实用,两岸的群众都觉得方便。只是那座桥过不了夏

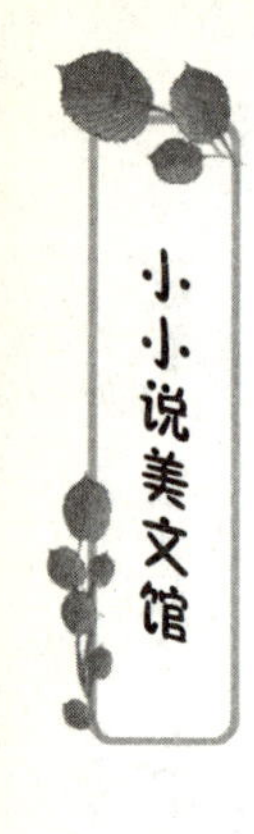

天，夏天里经过一次山洪，栈桥和桥墩就会被水冲得没有了踪迹。

他父亲不气馁，也不抱怨，挨到夏天过去深秋来临，又把河道上的石头排成一溜溜做成桥墩，再把自留山上的树木砍来固定在桥墩上，又一座木头栈桥就架通了。那桥虽不好看，可真的很有用，不仅方便了两岸的人，还给他们家带来了实实在在的变化。

回想起来，他家里的每一次变化都是在桥修通的时候。第一年桥修通的时候，他母亲拖了多年的病好了；第二年桥修通的时候，他父亲发了一笔财，把家里的石板房换成了瓦房；第三年桥修通的时候，他姐姐找了一户好人家。

反正，他父亲每修一次桥，家里都会有或大或小的变化。如若夏天桥断了，他家里做什么都要生波折。就连请工干活儿这样的小事情，也会遇上暴雨的天气。那时候他很年轻，不相信风水。父亲每次和他说到这些，他都会轻蔑地一笑。

父亲说："你别笑，你想想你哪一次有好事情不是我把桥修通的时候？你考上中专是桥通的时候，你出来工作是桥通的时候，你谈恋爱娶媳妇也是桥通的时候。临到桥不通的时候，你做什么事情顺利过？"

听了父亲的话，回想自己过往的故事，也真是这么回事。可他还是不相信自己的命运与风水有关。他说这一切都是自己努力的结果。自己不努力，睡在家里，好运气难道会从天上掉下来？

父亲说不过他，父亲坚持自己的风水学。每年挨到夏天过去、深秋来临，父亲就把河道上的石头排成一溜溜做成桥墩，再把自留山上的树木砍来固定在桥墩上，又一座木头栈桥就架通了。桥通了，他们家里的日子越来越红火，他的运气也风生水起越来越好，很是让人羡慕。

那年夏天，他父亲修建的木头栈桥又让水冲得没了踪影，接着父亲不小心摔折了腿。到了深秋，想到那桥，父亲干急没办法。自己修不了桥，邻居让政府移民搬迁了，再也不会帮他们家修桥，村子更不会为了他们一家修便民桥。那一年，他的运气也不佳，先是与老婆闹矛盾，家里鸡犬不宁；接着是自己当副局长这件本来是板上钉钉的事，却临时发生变故。接二连三发生了许多的事，他躲回了老家。他发现家门前的桥没了，难道真是因为风水？

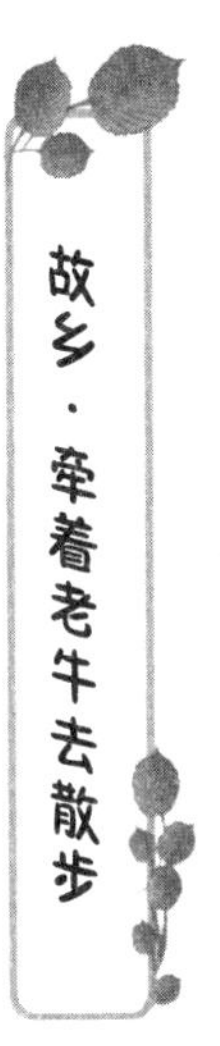

反正他父亲信。父亲看到儿子疲惫的神情，到了深秋时节，自留山的树木已经伐完了，他把河道上的石头排成一溜溜做成桥墩，自己掏钱买了一些预制板，做了一座简易的水泥桥。幸亏那几年天气干旱，几乎没有发生过山洪。那桥不仅好走，而且给他们家带来了好运。他呢，风生水起，当完副局长当局长，当了局长当副县长，风光得不得了。偶尔回家，就有人和他一起拜望他的父亲，看看他的房子，都说他家风水好。有人说，幸亏河里有座桥。后来，就有风水先生来说，要是门前有一座大桥就好了。他知道，虽然自己是副县长了，修大桥也不容易。

那两年继续干旱，桥一直很平稳，他也平稳地当上了县长。一当上县长，他立即安排人动工给自己家门前修了一座大桥。谁想到，就在那大桥修通，他刚刚剪完彩回到家的时候，从省城来了一辆车就把他带走了，带走的还有他存放在风水宝地的两百多万元赃款。

不过那桥修得真是气派，由县道直接上国道，连接县城，连接省城，连接北京，美得不得了。

地　气

唐丽妮

壮大爷像只失了水的茄子，一天不如一天，眼看着就要枯了。

老爷子也就出去转了半天，就病成这样？到底出了什么事？

儿子额前的“川”字愁成了一条河。

几天前，日头火一样，把光秃秃的大楼烤得像爆米花的炉子。壮大爷要出去转转。儿子阻拦说：“日头太晒，待在屋里吹空调凉快吧！”

“我老农一个，日日晒日头，还怕日头？”老爷子咚咚地下了楼。

黑布鞋刚踩上水泥路面，壮大爷心里就犯嘀咕了：“好好个地，全盖在水泥板下了。人啊，不得地气养，唉——”

夏日午后的小区好静，偶有一两个人，也是走得快快的急急的，脚不沾地似的，脑袋往前冲，恨不得要一头钻进什么东西里头去的样子。老人家觉得这些人怪怪的，跟乡下人不一样。乡下人走路，或挑着担，或扛着锄，或拎着刀，即使空甩着双手，也是一个脚窝一个脚窝，结结实实的。脚下是野草小路，身边有清溪、稻田、竹林、青山……

还有牛，还有鸡鸭鹅，还有狗……壮大爷摇头叹息着，想起很多以前并不曾留意的事物。那些家禽家畜常在路上窜来窜去，斗来斗去，唧唧咕咕的，他还嫌吵呢，还嫌碍手碍脚呢。

老爷子想着想着，心里便美了起来，仿佛正走在软实的野草小路上，遇到一群鸡，嘘一下轰散了；来了一条狗，呼一脚踢跑了；见到一头牛，哞哞唤两声……

嘿！行这样的路正叫行路嘛。脚下得了地气，行得稳嘛。

就这样，老爷子变叹息为得意，美滋滋地去找他的老榕树去了。路边树荫下，有水泥地板、水泥凳子、水泥桌子，干干净净的，常有老人家坐在那里打麻将，下象棋，话家常，或者无言默坐。但壮家这老爷子不爱凑那些热闹，独独钟情于麦冬地里那棵老榕树。老榕树在一大片绿油油的麦冬中间，平日无人光顾，清静得很。最难得的是，那树下没有打硬水泥，是软熟的黑泥土哩！壮大爷都把这儿当成自家的了，天天都要到那树下看一看，坐一坐。甚至，老人还在周围悄悄地种了几棵玉米。而且，宝贝们都已经抽穗啦。

这天，壮大爷最重要的任务，就是给他这几棵宝贝浇浇水。要不然，这大日头，毒哟！要晒焦的哟。这抽穗的玉米，最能喝水了，还要培土施肥，还要摘去雄穗，还要摘去无果穗。但这点儿事，在壮老爷子这儿，就是玩耍啦。

“天上飘来五个字，那都不是事！”壮大爷忽然冒出这么一句，那是小孙子的口头禅。

可是，老爷子张开的嘴，却“啊”在那里动不了了，情况非常不妙，简直糟透了——壮大爷的小宝贝们，全部神秘失踪了，一棵也没有了，连一片叶子也没有了，连一丝玉米须子也没有了。

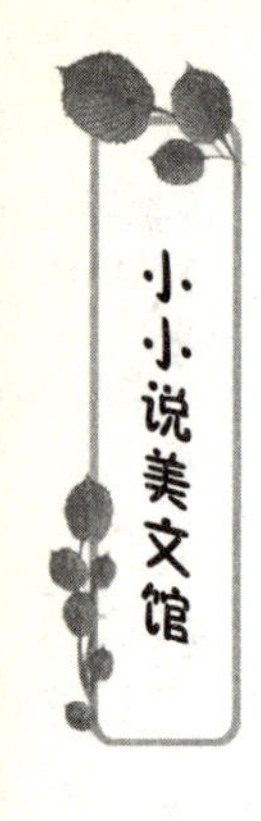

更糟的是,老爷子还不敢出声,只能摁着心口,默默地倚着老榕树坐下了。若是在村子里,别说是全部玉米被拔了,哪怕一棵玉米被折了腰,老人也会暴跳如雷,非把那干坏事的人臭骂一顿不可的。可如今是在城里,自己是虫,不是龙了。而且,前段日子,壮大爷已经被物业人员警告了。壮大爷觍着老脸,以为能宽限几天的,好歹等玉米灌点儿浆,能下锅了,再拔。谁知,人家根本不买账!

呼唔唔——呼唔唔——老爷子哼哼着,干巴巴的老手不停地摸着自己可怜的老心脏,在心里默默地怒骂着、疼惜着。实在没法子,壮大老爷子也只好对着榕树那棕色的长长的须子,幽怨地说:"唉,你啊!叫你睇住,你却教人全扯了,一蔸都未剩!"

壮大爷独自哼哼唔唔、垂头丧气,像堆烂泥巴似的,四顾无人,竟在这棵老树下睡着了。在这寂静的夏日午后,壮大爷躺在泥地上,闻着泥土的腥甜的气息,睡得很沉,还做梦了。

梦里,壮大爷又看到了壮大娘。壮大娘还是水灵灵的壮姑娘,正在黑黝黝的地里撒玉米种子,垂着两条黑亮的大辫子,辫子梢跟盛夏的玉米穗子一样,又大又长,滑溜溜的,搭在饱满的胸前。

老爷子白日里把梦做得十分美妙,谁知夜里就犯病啦,上吐下泻,还发烧啦。刚进城时,壮大爷也得过这种病,用从乡下带来的跟土地神讨的香灰,煮一碗汤,喝了便好了。可这一回,他喝了香灰汤,却不灵了。

老爷子这一倒下,竟像秋天的树叶,天天见黄啦。

儿子一筹莫展。

"出来时间太长了,连土地爷都未保得到我了!壮大爷认为是离乡太久了,土地爷的福泽保佑不了他了。"老人要回老家。

"阿爸,你病……"

"我没生病!我是缺地气!"

"仔啊,送我返屋,死我都安乐啊。"老爷子眼巴巴地望着儿子。

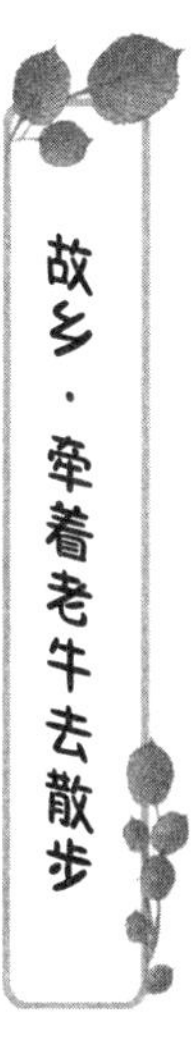

儿子一阵心酸。儿子是孝子，他知道，老爷子从不认为人会生病，所有的痛和苦，都是因为离土地太远，或者得罪了土地神。老人敬天敬地敬神，科学道理他是不懂的，他说："未有天未有地，有个屁科学！"

于是，收拾行李，备车，回乡。

于是，儿子开车载着壮大爷一路翻山过水，经过六七个小时的颠簸，小汽车终于像只穿山甲一般钻进村沟了。

放下车窗，清冽的沟风一吹，昏沉沉的壮大爷立马清醒了，就如同喝了回魂汤。他整个人也像被注了铁水，被土地的强烈磁场所吸引，两脚落地，就再也不愿回车上躺着啦。

老仰子下地走着。青山、竹林、稻田、清溪，一草一木，一如从前。见牛，哞哞唤两声；遇狗，不舍得踢了；鸡鸭鹅，不舍得轰了……老爷子越走越精神，眉梢眼角都在笑。

老屋的竹门前，卧着老黄狗。

"老货，你未帮李爷睇屋，你返来做么事？"老人高兴得踢了狗一脚。

狗汪汪叫两声，窜到屋角，叼出一只小巧的青布鞋，那是壮大娘生前的。

壮大爷把鞋攥在手里，说："你啊，操么心，睇睇，我都几好啦！"

儿子又是一阵心酸，赶紧洒扫，劈柴，烧水，煮粥，又到屋后野地里摘一把野葱、一把野菜、一把老爷子指定的野草药，侍候老爷子喝了粥，又翻出旧时的药罐，煎草药。

药沸了，罐盖扑突扑突地跳，药香弥漫了一屋。

三儿，快把药罐放地上吸吸地气。

灼烧的瓦罐底刚触碰到滋润的黑泥地，便"吱"地冒出一丝白烟，还轻轻晃了晃，仿佛有抑制不住的欢愉，像那久渴之人终于喝到了甘露。

儿子忽然想起，小时母亲煲药也总要放地上搁一搁，嘴里还念念有词："天父，地母，地气养我仔儿哎。"不觉也念："天父，地母，地气养我阿爸哎。"

壮大爷在后面看着，听着，心里美滋滋的，脸上每条皱纹也都美滋滋的。

苇子张

云　风

中俄边境有一个小山沟叫苇子沟，沟里住着一位姓张的大爷，人称苇子张。苇子张长得人高马大，却生了一双纤细修长的“女人”手。苇子张手巧，不管什么物件，只要他瞧上几眼，就能用苇条把它编出来，而且形象逼真，惟妙惟肖！

苇子张编的最多的要数各种鸟类，因为苇子沟里有一个大苇塘，方圆数十亩，四周皆是鸟类赖以生存的草塘和湿地。每年春夏季节，各种鸟类迁徙至此，天上、地下黑压压一大片，燕雀鸿鹄，形态各异，色彩斑斓，简直就是一个人间的鸟类天堂！

每当这个时候，苇子张就会坐在大苇塘边儿上，仔细观察每一种鸟类的各种神态，然后默默记在心里。晚上回家，点上油灯，拿出用水泡好的苇条篾子，手指上下翻飞，用不了多久，一只栩栩如生的苇条鸟就诞生了。每一种鸟类，编一只是不够的，苇子张至少要编出三种以上不同的形态，然后做好标记，放在自家的大仓库里，才算完事。

年复一年，苇子张自家的大仓库已经扩建到了三个，里面摆放的全都是苇子沟各种鸟类苇条编制的模型，有数百种，上千只，而且对每种鸟类的形态和习性都做了比较详细的描述。凡是来参观的本地沟民或是外来的游者，无不感慨苇子张的精湛手艺和大苇塘鸟类的种类繁多。

大苇塘的鸟类确实很多，但是，苇子张从来不让沟民捕杀鸟类，而且还专门派人把大苇塘保护起来，也不让外来人捕杀鸟类。鸟类繁殖的季节，大苇塘湿地散落在各处的鸟蛋就像黑夜里天上闪烁的繁星，密密匝匝，随处可见。要是哪个沟民想吃鸟蛋了，可以，吃几个拿几个，但不许囤积，更不允许拿去卖钱，不然，你就别想在苇子沟待下去。

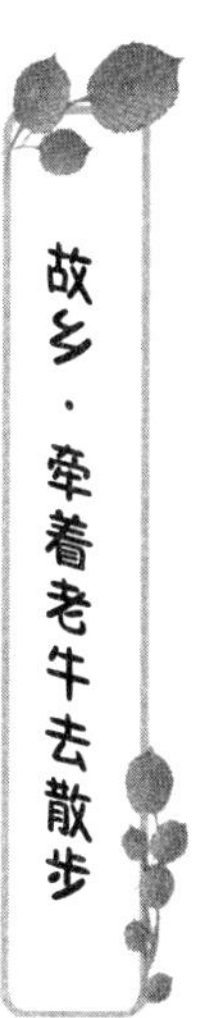

苇子沟的沟民大多都以编织为生，他们利用大苇塘的苇条，编制各种苇席、苇筐、苇帘，以及各种苇子工艺品，到镇上去卖，再购回各种生活用品，得以生存和发展。当然，编苇子的手艺都是苇子张传授的。苇子张刚来这里的时候没几户沟民，周围的人们看到苇子张为人诚恳而且手艺精湛，就从四面八方聚拢到苇子沟，专门跟苇子张学手艺。手艺学成了，自然就定居苇子沟了，因为周围数百里只有苇子沟的苇子高大粗壮，生长面积大，而且年复一年永不枯竭，足以让苇子沟人世代繁衍，生生不息。

苇子张不仅编得一手好苇子，还是个捕鱼高手，而且，做鱼的手艺也是一绝。每年鱼类肥硕的季节，苇子张就带着沟民划着小船来到大苇塘里，只要是他指点的地方，撒下网，必定会捕获大鱼。所以每次捕鱼，苇子张总是满载而归。

沟民们无不感慨地说，这苇子张长着一双“火眼金睛”啊！

苇子张却笑着说：“什么火眼金睛，我只不过是观察仔细，经验比你们多了那么一点而已。”

大鱼捞回来了，苇子张亲自下厨，做出的鱼真是美味无比，就连镇上最好的饭馆也没他做得好吃。饭馆的大厨尝了苇子张做的鱼很奇怪：这鱼怎么就有一种特别的香味呢？他想尽办法甚至要花高价钱买下苇子张做鱼的方子，苇子张就是不答应他。后来问的人多了，苇子张也就不想隐瞒了，干脆把这个秘密公布于世，就是在做鱼的时候放上一把猫尾巴艾蒿的花和叶，这样做出的鱼就会有一种特别的香味了！以后，这儿的人做鱼都放上一把

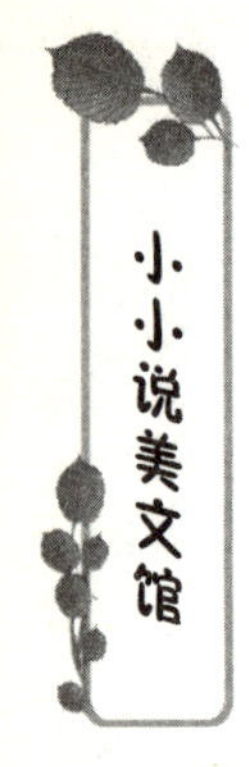

猫尾巴艾蒿的花和叶，那味道鲜美异常，吃鱼的人都很感谢苇子张呢！

这一年，苇子沟来了几位研究鸟类的专家，听说了苇子张用苇条编鸟的传奇佳话，特意来拜访苇子张。进了苇子张的三间大仓库，鸟类专家们顿时惊呆了！看着数百种、上千只形态各异的鸟类模型，终于忍不住叫出声来："哇！这简直是太神奇了！"

后来，鉴于苇子张对鸟类研究的贡献，在鸟类专家的建议下，政府把苇子沟规划成了珍稀鸟类自然保护区，还在沟里建了一座珍稀鸟类博物馆。苇子张一高兴，把自己所编的所有苇鸟都捐给了博物馆，免费供人们观赏。

如今，苇子张早已离世了，但他编织的苇子鸟类一直珍藏在博物馆里。参观的人，无不夸赞他手艺的精湛和感慨他那段与鸟类相伴的岁月！

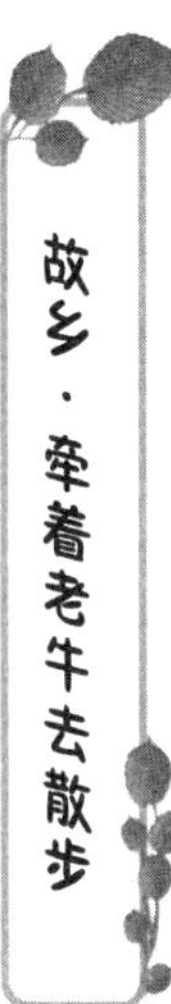

绿军装

说起牛尾村的媳妇胡桐花，就不得不提到那绿军装的事情。胖妞胡桐花之所以能成为牛尾村的媳妇，就是因了牛广林的那身绿军装。

牛广林复员后带回来一身绿军装，鲜亮的绿军装立刻照亮了一村人的眼睛。他穿上军装，英姿飒爽，气度非凡。我大堂哥因借穿了这身绿军装相亲，很快就把我堂嫂子娶回了家。

这身军装同样给牛广林带来了好运。那个年代，别说军人，就连一月几块钱工资待遇的代课教师也令人眼馋。一个花花绿绿的名叫胡桐花的大姑娘就奔着那身军装，毅然投入了他的怀抱。

当时穷困的村里人，找媳妇是很难的。可军人出身的牛广林，经媒人介绍与胡家庄的胡桐花见第一面后，胡桐花就一头扎进了他的家。没过门的闺女咋能贸然到婆家呢？自古笑女不笑男，意思是女孩子是不能乱跑的。胡桐花却“先入为主”了。她亮出了女人特有的洗衣做饭看家本领，以未来的婆婆有病为名，竟然大大咧咧地出入牛广林的家门。

那时，农村还没有谁家有洗衣机，胡桐花就用手洗衣服，洗有病的婆婆的衣裳，当然重点是洗当过兵的男人的衣裳啦。毕竟深秋浅冬了，那水虽不刺骨，却很凉了，桐花的手就没了血色，白中透紫，少了生机。可她的心如沸

水，咚咚直响，热气腾腾。她的如墨秀发不时飘落水中，她不时用湿手把那不安分的几绺秀发轻绕脑后。很快洗了满满一大盆衣裳，胡桐花擦擦额头上的细汗，又朝冰凉的小手哈口热气，撑着有点酸痛的腰，搓着双手就给未来的婆婆告了辞……回到家，娘望着女儿桐花一阵白一阵红的脸色，笑了。羞红着脸的女儿，看上去像盛开的花朵，艳丽芬芳。唉，女儿真是个憨大胆！很快，娘噙着幸福的泪花，在一片高昂激越的唢呐声中，望着一身红嫁衣的女儿桐花顶着红头巾，探身钻进牛广林的大花轿中。

我们几个调皮的孩童贼一样趴在窗下偷听洞房。

就听男声说："辛苦你了！"

女声怯怯地答："都一家人了，还客气个啥，不就是洗个衣服吗？"

男声又说："等有卖洗衣机的，咱也买一台。"

女声说："咱娘有病，别乱花钱了，俺就是你的洗衣机，洗得干净，还省电。"

好久女声又说："每次俺都把你那身绿军装，用水轻揉……它是人的名分啊。"

就听噗的一口粗气，晃动的烛光灭了。

我们几个很不耐烦，朝窗里毫不客气地扔了块早准备好的半截砖，老鼠一样窜了……

那年办理身份证，乡里派出所组织照相，胡桐花竟穿着男人的绿军装上衣照了相。惹得村里人笑出了眼泪。

每次牛广林穿的军裤，都是线条笔直，当时在乡下，熨斗也是个稀罕物，大家就感觉蹊跷。后来细心人发现了秘密，原来是她把裤子认真叠好，压在了枕头下。

一次，胡桐花边缝补军衣上的一个小口子，边半开玩笑地说："这身军装，就是我的命，它让我嫁给了你，生了儿育了女，啥时候也不离开它。它就是我的宝贝，比金银珠宝都金贵。到我老了，我也要……"

牛广林笑道："到你老了，我就用这身军装，盖着你。"

谁知，牛广林一语未了，胡桐花竟呜呜地哭起来了。

后来，村里流行外出打工，看到别人都挣了大把大把的钞票，胡桐花不免眼红，就让男人牛广林也外出打工。

临行前，胡桐花眼圈突然红了，边打理包裹，边带着哭声说："在外别讲挣多少钱，先注意安全，真不行就回来。"

牛广林点点头，拎着蛇皮袋，坐上城乡公交车打工去了。

到了深圳，牛广林打开蛇皮袋，掏出绿军装上衣穿上，却找不到裤子。再翻也没有看到绿军装裤子的影子。

牛广林叹一声，摇摇头："这个粗心的娘儿们！"遂又脱下上衣。

牛广林没料到，他媳妇胡桐花把那条绿军装裤子留下，挂在了他们的床头上。风扇一吹，两条裤腿不安分地一摆一摆的，就像男人快乐地跳皮筋。

孙友仁

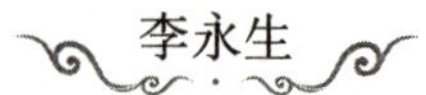

在我们村，孙友仁算是位特殊人物。他是天津人，原来当过国民革命军的连长，解放石门的时候投诚参加了解放军。解放后被组织上安排了工作，在我们这里的粮站上班。“文化大革命”一来，就因为有当过国民党兵的经历，被下放到我们村。

孙友仁那时候五十来岁，个子矮，背微驼，说一口天津话。他眼睛小，只窄窄的一条细缝，几乎看不见眼仁，像是永远睡不醒，看人时往往仰着下巴，很费力的样子。他住第二生产队马房。马房，就是养马、骡子、牛等牲口的场所。每个生产队都有一个马房，这也是生产队的办公室。二队的马房在村南，七八间矮矮的土房，墙体挺胸凸肚，门窗大部分破损。其中两间是相通的，其他都是单间。孙友仁住一间，饲养员住一间。相通的两间属于“司令部”，社员开会使，有土炕，铺着破旧的炕席。靠墙垒有给牲口炒料的锅灶。小时候，我爹就经常带我来马房开社员会。开会的时候，往往正赶上饲养员老侯炒马料，大灶烧火，土炕热得烫屁股。老侯用大铁锨“哗哗”翻炒着黑豆，火候差不多了，会铲起半铁锨往炕上一撒，说：“吃啵！”

孙友仁的户口并没落户我们村，所以他算不得正式村民，他好像是有工资的，所以不用参加生产队的劳动。但孙友仁给生产队拾粪。生产队也不亏待他，每年供应他必需的粮食。

孙友仁每天老早起身，骑自行车去拾粪。他的自行车是那种老式车，没挡泥板，也没闸，控制车速全凭鞋底摩擦前轮。后轱辘两侧绑两个粪筐。走时粪筐空空的，傍晚回来一准满满的。

孙友仁拾粪回家，必经南大街，这时候大街上的孩子们往往会多起来，大家在专门等他回来，因为他回来会给大伙儿发烟卷儿。

见着孙友仁远远地骑车回来，孩子们便呼啦围上去把他截下车，手一伸："老孙，烟。"

孙友仁并不吸烟，但总是备半盒烟卷儿，他并不会乖乖地把烟拿出来，他先操着一口天津话给人们讲一段毛主席语录："毛主席教导我们，我们都是来自五湖四海……"但孩子们不吃这一套，只是喊："烟。"孙友仁无奈，磨蹭半天只好拿出来。多则三五支，少则一两支。孩子多不够分，再要，他就一副哭相，一个劲儿说"没了没了"。这时候孩子们便让他背几段毛主席语录，才肯放过他。

除了拾粪，孙友仁几乎不和任何人来往，只偶尔和饲养员说几句话。他喜欢看书，但只看毛主席著作，晚上点着煤油灯学《毛选》，遇到雨天不能外出拾粪，便坐在门口认认真真学，蘸着唾沫一页页翻看，有时候一页刚翻过去，却又翻回来，好像上页没看清或没弄明白，需要"补"一下。他对毛主席的文章几乎达到了倒背如流的地步。孩子们截烟的时候让他背毛主席语录，也算让他大展才华了。

孙友仁还有一项特殊的技艺——画画。

也不知道是谁第一个发现孙友仁会画画的。反正我们队里的好多社员都让孙友仁画过。特别是那些爱凑热闹的大姑娘小媳妇，得了闲，见着他，总说："老友给我画一张。"孙友仁从不拒绝，每次都说："好！"孙友仁画的是素描，拿一截铅笔头，也不管什么纸，报纸也好，草纸也好，随便找来就画。那时候孙友仁就如同变了个人，神情很专注，细细的小眼睛瞄人一眼，"唰

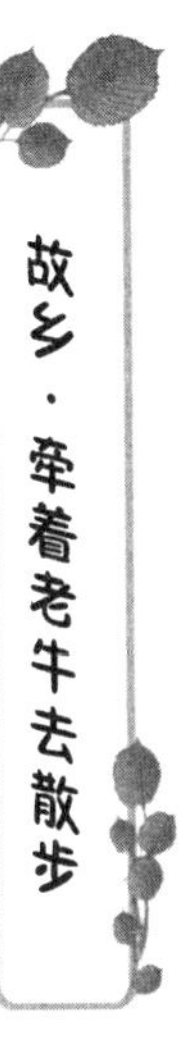

唰”几笔，再瞄几眼，又几笔。画完一看，和本人很像。人们都惊呼，问：“老孙哪里学的？”孙友仁说：“我上过美术学校。”接着他话茬往下问，才知道他是投笔从戎的一类。

孙友仁在我们生产队的这些年，不招谁不惹谁，除了小孩子截他几支烟，没人欺负他。人们常常看着他画的画说：“老孙文武双全，有能耐呢，要是一开始不加入国民党，早弄个师长司令干了。”

然而，能耐人栽在了能耐上。

那几天，饲养员老侯病了，他儿子侯二替爹喂牲口。侯二是个“三只手”，那天见孙友仁的屋门锁着，心里一痒，就撬锁进去了。锁是土锁，侯二用细铁丝一拨就弄开了。他本指望弄几盒烟抽，不过烟没找着，却从炕席地下翻腾出一沓画稿。侯二一看，眼立马就直了。一张张翻看，侯二的眼珠子

差点儿掉出来——画的都是各种动作的光屁股男女……侯二似乎觉得这些人哪里见过,拿到窗前看仔细,就一个个认出来了——都是村里人。

侯二感到事情重大,挑了几张女人的画像揣到怀里,把其他画稿又放回了原处,然后走出屋子,一溜烟去公社派出所报了案。

孙友仁回到家,等待他的是几个警察和一群看热闹的人。警察把那画稿朝他一扬,手铐子就铐在了他手腕上。孙友仁在人们一声声"老流氓"的骂声中被带走了。

孙友仁咋就能看见人的光身子?人们就怀疑他一定是戴了透视镜之类的高级东西。继而联想到,他那双"瞎"眼之所以不敢睁大,一准是怕被人发现他眼里藏的东西。一群人就到他屋里翻腾,犄角旮旯翻遍了,老鼠窟窿都没放过,也没找出老流氓的作案工具。

孙友仁最终因流氓罪被判了有期徒刑,第三年,就死在了满城劳改农场。

侯二私藏了一些画有光屁股女人的画稿,时不时拿出来欣赏一下,一个月后,才按图索骥,每张五个鸡蛋,把那些画恋恋不舍地换给了真正的女主人。

谁都不会想到,这些女人在愤愤大骂一顿孙友仁后,并没有把那些光屁股画烧掉或撕掉,而是都偷偷藏了起来。

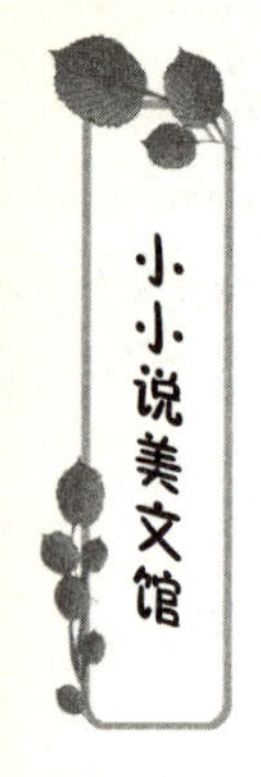

只有一票

韦 名

"三叔，这是正宗沙头鹅，肥得很！"

旺文把一只沙头鹅往地下一扔，就急火火地出门了。

"你这是演哪出？"三叔追出门外，旺文已骑上摩托车，车架上十几只沙头鹅"鹅，鹅，鹅"叫得欢。

"突——"一屁股黑烟爆出星星火点，旺文走远了。

"这狗日的，反天了？"三叔望望天，天扎眼得很。

村里宣布月底选举村委会主任后，村里热闹起来了：先是有人到处串门，随后就是名片满天飞。名片印得五颜六色，写得也千奇百怪，什么"请投我一票""我是你的最佳选择""擦亮眼，选阿炎""不想结扎，就投我票"……

前几天开始，陆续有人给三叔家送东西了，有送油的，有送米的，还有的送来村口酒楼的免费餐券……

旺文是三叔的同宗侄子，前几天来过，嚷着今年村委会要改选了，这次是海选，"咱黄姓是村里的小姓，老受气，咱心劲一块儿使，选个村主任当当"。

旺文来后，老村主任也过来坐坐。破天荒地，老村主任对三叔又是点头哈腰又是敬烟，临走时还有意无意落下一包刚刚开封的中华牌香烟。后来，张三李四王五也一茬一茬地上三叔家来坐坐，来时都忘不了带来一包一包的东西。

村口的酒楼这些日子也是热火朝天，三婶偷偷去吃过几顿。“天天搞选举，多好！”望着旺文送来的沙头鹅和堆得小山般一包包的东西，三婶脸上乐开了花。

“就知道吃！”三叔瞪了瞪三婶。

三叔是村小学校长，人缘好，威信高。今年村里破天荒头一回直选村主任，三叔影响力大，是众人争取的对象。

看着乱哄哄而又天天如过节般兴高采烈的村人，三叔直叹气。三叔吩咐三婶把人家送过来的所有东西连名片分好类，全部退掉。

三婶极不情愿：“不偷不抢，你情我愿，我不退！”

“你退还是不退？”三叔朝三婶发火。

“就不退！”三婶委屈。

“你不退，我退！”三叔自己提着东西出门了。

看着“鹅，鹅”叫的大肥鹅转眼又成了别人家的，三婶心里很懊丧。

退了东西，三叔找来笔墨和红纸写对联。

“三叔，你可要帮我多拉些票。李家同宗人多，弄不好我要输。”旺文提着三叔退回去的大肥鹅急火火地跑来，“这次投入大了，我输不起！”

“来，来，帮我把对联贴上。”三叔瞧也没瞧被捆了双脚趴在地下的大肥鹅，招呼旺文。

“都什么时候了，还有心思搞这玩意儿？”旺文心里很不痛快。

大红对联贴上去了，上联是“主官副官委官谁是清官”，下联是“你要我要他要谁最重要”，横批是遒劲的四个字“只有一票”。

旺文看后狠狠地踢了地下的大肥鹅，在“鹅、鹅”的叫声中闷闷不乐地扬长而去。

“不年不节的，贴什么对联？”三婶本来窝着一肚子气，看到大肥鹅又回

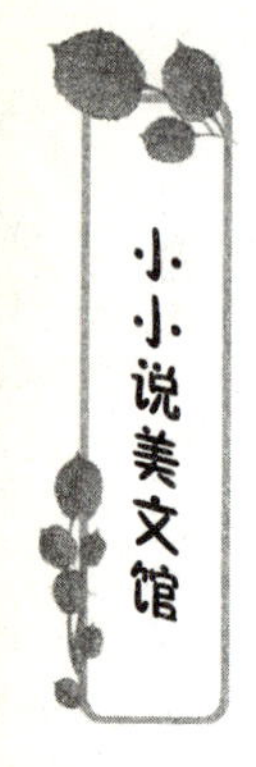

来了，脸上顿时多云转晴。三叔没好气地说：“人家派名片宣传选举，送东西拉选票，我写副对联凑凑热闹还不行？”在选举的节骨眼上，谁也没心思欣赏三叔的对联。选举如期进行。三千多人的村三十多个姓氏，每个姓氏都有候选人。

闹哄哄的选举会场其实并不乱，因为每个人心中都有把小算盘。

第一轮投票，全部候选人都没过半数票，刷下一半的候选人，旺文第一轮就被淘汰了。

三叔紧盯着选票，一脸平静。

第二轮，还是没有候选人能过半数票。老村主任也被刷下，最后只剩下村里三个大姓人家的候选人。

三叔脸色有点儿难看。

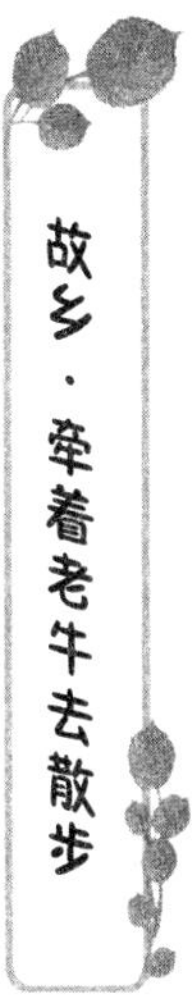

第三轮，村里第一大姓李家人心齐，加上第三大姓的江家很多和李家有亲戚关系，李家的候选人李二狗过了半数票当选了。

主持人宣布李二狗当选村主任，三叔的脸顷刻间变得蜡黄蜡黄的。还没等主持人宣布散会，三叔就跑回家把门上的对联撕了个稀巴烂。撕横批时，三叔跳了几次没够着，最后一跳把“只有一票”四个字撕去了一半，留下一半在风中飞舞。

李家人当晚请来大戏，连演三天，答谢村里人。三婶兴奋了几天，一场也没落下。三叔却在家生闷气，李二狗这个连自己名字都写不全、腿脚又不利索的人怎么当村主任？

三叔其实多虑了，李二狗当村主任当得挺好，该吼人时吼人，该拍桌子时拍桌子，该吃时吃，该喝时喝。就是连李二狗认为最难办的两件事——要签名，要到镇里开会，李二狗脑筋急转弯后也搞妥了——请人代签名，请人代开会。代签一次名，由村出纳付五元；代开一次会，付十元。

这是三叔怎么也没想到的！

村人怎么也没想到的却是平日里一向人缘很好、威信很高的三叔不知怎的老往镇里说李二狗的不是，老往村委会找李二狗的麻烦，还放出话说要让大家罢免李二狗。有一次，三叔进村委会找李二狗，没说上几句话就肿着半边脸出来了。

镇里后来派人来调查，查来查去，只让李二狗赔三叔一百元医药费，其他不了了之。李二狗仍当他的村主任，三叔心里却很憋屈。

最后的犁

刘剑飞

秋天的田野，空旷高远。

靠近河滩的田地上，几个身影在阳光下晃动，那是刘桥村最后的耕耘者。

“吁——喔——”根生老汉手举鞭子，高声吆喝着牲口。苍老的声音，在秋风中一颤一颤的，像是一曲悠长的牧歌。

老黄牛拉着一架犁，在前面不紧不慢地走着；老根生手扶犁把，走在中间；后面，是他十岁的孙子壮壮，正挎着一只竹篮子，朝犁沟里撒肥料。

喝足了秋后的一场透雨，田里的土酥酥的、软软的。明晃晃的犁铧插进土里，将一块块带着湿气的黑土翻上来，枯黄的衰草和豆叶便被掩在土下。

犁完一趟，掉转头，扎好了犁，老根生便折回身来，帮着孙子撒肥料。

竹篮有些沉，孙子趔趄着身子，努力挎着竹篮，小手麻利地抓起一把把肥料，撒进新翻的犁沟。

看着眼前这个可爱的小家伙，根生老汉的心里蓦地生出了一种暖意。老伴去得早，几年前，儿子儿媳又都到南方打工了，整个家里就只剩下这一老一小两个人了。有时候，老根生就想，幸亏留下了这孩子，不然，自己会多孤单呢！

将肥料撒到地头，担心累着孩子，老根生问：“壮壮，累不累？累了咱就歇一会儿。”

“爷爷，我不累。天晚了，咱还得多犁几趟地呢！”

“好嘞，要是不累，咱就再干一会儿。”

说着话，老根生扶起犁，喝了声号子，老黄牛就又不紧不慢地走动起来。

正是秋种翻耕的时节，空旷的田野里却冷冷清清的。蓝天黄土之间，一头牛，一架犁，两个人，排成一个小小的队伍，一来一去，一去一来，在秋日的夕阳下，定格成一帧发黄的照片。

又犁了好几趟，见孙子脑门上已沁出密密的汗珠，根生老汉便喝住牛，扎稳犁，让这小小的队伍就地休息。

温润的泥土被太阳晒得暖暖的。壮壮捡了一堆土块，跪在地上，玩垒房子的游戏。老根生就坐在新翻的土上，燃着一支烟，静静地看这空旷的田野。

有风吹过，河滩对岸隐约传来机器的轰鸣声。老根生知道，那是推土机在推对面村里的房子。年前，镇里村里就开过几次会了，说是市政府要在这里流转土地，建什么工业园区。这一带的几个村子要全部迁走，迁到城市郊区的还原小区，并且还安排年轻人到附近的厂里上班，老年人进敬老院

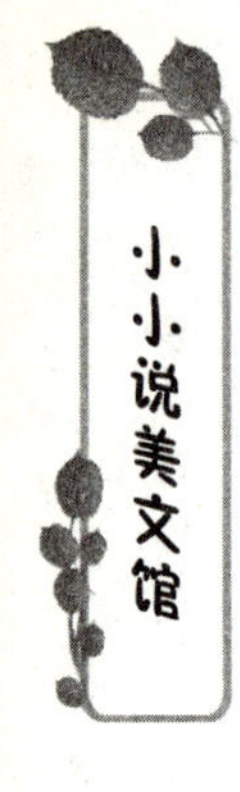

养老。

政策一下，村里人就一拨儿又一拨儿地拿着拆迁费走了。可根生老汉一直没走，他跟村支书讲好了，无论如何也要等他再种完这最后一季庄稼。这些天来，夜夜睡不着觉，因为他实在不愿离开这祖祖辈辈生活的土地以及伴他耕种的这头牛、这架犁。

一群大雁排成“人”字，鸣叫着从天空飞过。老根生心中一酸，大雁飞走了，明年还能再飞回来，而自己，明年还能再回到这个家吗？

想到这里，老根生长长叹了一口气，有泪水顺腮边落下。

“爷爷，你怎么了？是想奶奶了吗？”听到根生老汉的叹息，玩得正欢的孙子停下来问。

老根生摇摇头，慌忙擦拭眼泪：“没事，你玩吧，爷爷没事。”

孙子歪着脑袋，想了一会儿，说：“我知道了，爷爷一定是在愁搬家的事呢。爷爷别愁，听杠子叔说，那新家里有超市、有学校，还有能喷水的小公园呢，可好玩啦！”

小家伙转动着两个乌溜溜的大眼睛，说得很是兴奋。

根生老汉狠抽了一口烟，心想，小孩子家哪会想那么多，咱农民种了一辈子地，这一旦离开了土地，今后的日子可咋过呢？

夕阳斜照，将整个大地染成一片暗红。地边的草丛里，秋虫断断续续地叫着，声音发颤，有些凄婉和孤零。

老根生掐灭了烟头，站起身，招呼孙子：“壮壮，来，歇好了，咱再接着干。最后一季庄稼了，可得好好种啊！”

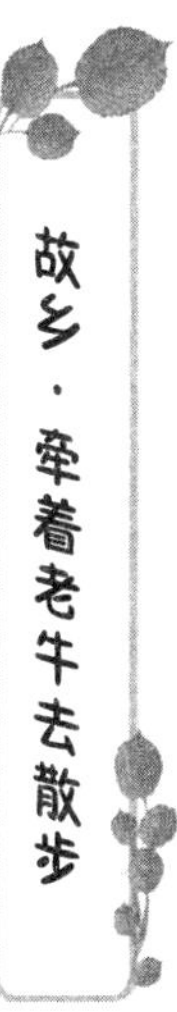

秋　分

对葛坳人来说,“秋分”这一概念,首先是人名,其次才是节气。

秋分很傻,大家都这么认为。不知什么时候起,“秋分”就成了“傻帽”的代名词。秋分自然是个名人了。

秋分每天都要从我家门前经过。他猫着腰,背着手,歪着脑袋,满脸皱纹,衣衫褴褛,迈着不紧不慢的步子。在我印象中,他一直是那么一个老头儿,似乎从来就没年轻过。他往集市方向走,路上撞上谁家有红白喜事,他就过去扫地、洗碗、搬桌凳,等客人都入席了,他就向厨官要点儿饭菜。秋分口吃严重,没几个字他能咬清楚的。有些厨官拿他寻开心,故意一点一点地给,让秋分“咿呀”乱叫一阵。旁人都笑过瘾了,秋分就端个大碗,蹲在一旁吃起来。

要是路边没有人家办喜事,他就到集市里去,那里有许多饮食店需要他帮忙。据说,哪家店里什么时候做煤球,他都清楚得很,算准了日子就径直去干活儿了。有一回我去赶集,看见一家饮食店老板对秋分拉拉扯扯,好像是说秋分偷了他家的钱。围观的人都劝秋分:“出门手脚要干净。”我听不懂大人的话,做煤球能手脚干净吗?在众人的围攻下,他咿呀乱叫,身子佝偻得更厉害了。最终我也没看见从秋分身上搜出钱来。老板推了他一个趔

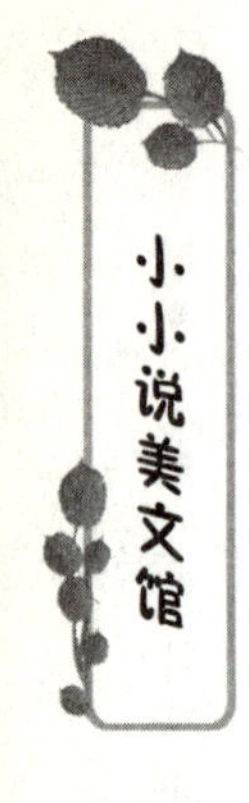

趄,众人大笑了一回,也就作罢。

从秋分身上找点乐子,似乎是再正常不过的事。小时候,我能欺负的人,就只有秋分一个。每次他从我家门前经过,我就和伙伴们追在他身后,拖长声音喊:“秋——分,白——露,叫你修马——路。”这是念小学的姐姐编出来的,我当时并不知道“秋分”怎么能和“白露”连在一块。

弟弟胆子比我大,光追着喊不算,还用石块扔他。石块不长眼,一次砸在了他脑门上,我们傻了眼,撒腿就跑。秋分追到我家,向我奶奶告状。他双手比画着,费了半天劲儿才让奶奶明白过来。奶奶戳了弟弟的鼻梁,骂道:“你要砸瞎了人家的眼睛,要你牵他讨饭去!”但秋分还没走远,我们又在他身后嚷开了:“秋——分,白——露,叫你修马——路。”

弟弟每天疯跑,一次把一顶草帽给丢了。这可不是普通的草帽,是父亲出差给他带回来的,正着是草帽,倒着是花篮,羡煞了多少人呢。有个小女孩为了这顶草帽,还提出要嫁给弟弟。这下可好,去了,弟弟哭成了泪人。

这时,秋分猫着腰,背着手,歪着脑袋,迈着不紧不慢的步子过来了,握在他身后的,正是弟弟的草帽!先前那块石头挨得好,否则秋分怎么清楚弟弟的穿戴呢?大人们执意要留秋分吃饭,秋分不肯,又背着双手歪着脑袋走了。我们更认定他是一个傻帽了!

秋分为我的童年平添了不少乐趣。

我上初中时,在一个夏天的雨夜,似乎读懂了秋分的傻。

那天的雨下得急,下得凶。刚刚还看见西天的残阳,片刻便不见了天日,只有雷声震天价响。邻居蛋伯的腿,就是那次被雷电击伤的。而我妈妈爬几十里山路砍柴去了,还没回来。孩子们都哭成了一堆,大人们越发慌了神。奶奶在供桌上烧起了香,我提着马灯跟着爸爸出去了。刚出门,灯火就被浇灭,只能借着闪电的亮光往山上摸去。一会儿,母亲空着双手与我们相遇,一担小山似的柴在她身后有节奏地颤动着,压在扁担下的,竟是喘着粗气的秋分!爸爸从他肩上接过柴,妈妈拉秋分到我家吃饭,而秋分嗷嗷叫着怎么也不肯。

那晚，我们一家人聊到深夜。

秋分是个孤老头儿，他那么晚回去，一定得挨饿了。我问奶奶："秋分怎么不肯在咱们家吃饭呢？"奶奶说："他在咱们家吃过，你姑姑出嫁的时候。他这人固执，不干活儿就不在别人家吃饭，干了活儿也不一定在你家等饭吃。农忙时节，秋分见谁家人手少，裤腿一卷就下地干活儿了，他闲不住。他这人也懂得照顾别人的体面，从不上桌跟你一起吃，总是端个碗远远蹲着，叫花子一样。"

"照这样说，秋分人不傻。"

"哪里是秋分傻呀，是你们后代人不了解秋分的过去。"接着，奶奶给我们讲起了秋分的故事。

秋分年轻时，身体健壮，手脚灵巧，劳动积极，又爱帮助人。后来在修水库时，被人撞了，连人带担子从坝顶滚到深谷去。还好，捡回了一条命，只是脖子歪了，再也没伸直；喉头伤了，再没说过一句清楚的话。他也永远成了单身汉。

我想，秋分的思想性格，也该永远定格在了那个年代吧？别人说他傻，也许不是因为他落后了，而是别人"进化"了。我开始同情起他来，又为先前对他的嘲弄而自责、懊悔。

如今秋分还活着。暑假回家，我还见了他。二十年间，世界变化太大了，只有秋分如一块活化石，记录着某种永恒。他依然背着手，歪着头，满脸皱纹，衣衫褴褛，只是背更驼了，步子更慢了。问起秋分的年纪，没人能说清楚，只说怕是近百岁了吧；问起他的生计，有人说二十多年前民政部门就让他住进养老院，但他不肯，后来也就没人再过问了；再问起他的身体状况，别人就惊讶地看着我，甚至骂了我。我被骂得愣愣的。

归家仓

归家仓是黑王寨人对八月十五的另一种叫法。只是这种叫法在老辈人嘴里出现的频率要高些，年轻人还是习惯叫中秋节。毕竟是正名，如同一个孩子，取个诨名也不是不行，但成了家立了业，就得规规矩矩地叫大号了，显得尊重人。

在这点上恰好相反，黑王寨人成了家立了业后，倒把归家仓放在了头里。按老辈人传下来的讲究，八月十五以前，地里的庄稼、树上的水果、园里的蔬菜，都得归到家里入了仓库。

人都晓得要团圆，庄稼不也得团圆一回？当然，这时归家仓只是一个形式，象征性地每样收一些回来。把半生不熟的庄稼收回来，老祖宗不敲扁你的头才怪，这是败家的行为呢！

黑王寨最不败家的女人是小满。打从过了八月初十，小满就开始到北坡崖巡查，很有成就感地巡查。

小满的成就感建在她的勤劳上，男人东志出门打工了，地里家里就她一人扛着。爹过世了，娘瘫在床上，日子就显出了难，不然东志也不会出门打工。

娘瘫归瘫，却要强，娘这会儿就冲巡查回来的小满发了话，说："小满，今

儿初十了吧?”

小满说:“是初十了,我这就到店里买月饼。”

小满以为娘想吃月饼了,也是的,娘瘫得脸上没了血色,过了这个中秋恐怕就没下个中秋了。

这么想着,小满就抬头望了一眼院子里的柿树,一片柿叶在风中挣扎了几下,像时光叹了口气似的,惶惶地飘落下来。

娘也叹气,娘说:“花那冤枉钱干啥!我吃了月饼就算过中秋啊?我是问东志有信儿没?”

小满摇摇头,她知道东志的脾气,早先两人在一个厂里打工时,从来就没年和节的概念,他脑子里除了挣钱还是挣钱,能加的班从不放过。

娘就有点儿不高兴了,猫儿狗儿的都晓得要归屋的,他个当爹的人了,咋不晓得归家仓呢!

小满说:“娘,您先躺会儿,我把树上的柿子给下了,拿到集上可以卖个好价!”

“别!”娘一下子急了,“摘不得的!”

小满说:“咋摘不得,都八成熟了,用温水一浸,红灯笼似的,好卖呢!”

娘说:“小满你咋不晓事呢?”

小满说:“我咋不晓事呢,这不归家仓吗?”

娘说:“别的先归,这个等东志回了归!”

小满说:“东志只怕回不来呢,跑来跑去要路费!”

娘好端端地突然火了,娘说:“挣钱为什么,不就为一家团圆过幸福日子?眼下团圆日子到了,两边扯着算个啥?”

小满嘟囔了一声:“您儿子啥脾气您不知道啊!”

娘就不说话了,躺那儿呼哧呼哧喘气,说:“反正,那柿子你等东志回来了再下,他八月十五一准回来归家仓。”

小满不吭声了,出门,望望满树的柿子,柿子又大又圆,黄皮上已开始显

红了，等不到十五，准像一串串红灯笼挂在树上。

挂就挂吧！

小满有的是活儿，小满就又上了北坡崖，黄豆该收了。

以往收黄豆，都是东志和小满一起，有说有笑的，那活儿就显得轻。干累了，俩人站崖顶上朝自己屋里望，一树红柿子就招摇地挂着，小满常说："嘴馋了就回去摘了吃啊！"

东志往往就拦了她的话头："别，留着给归家的人照路吧！"

照路是黑王寨的说法，黑王寨人出门，喜欢选月头月缺为离家日，归家则选月中月圆为团圆日，又大又红的柿子就是给归家人指路的红灯笼呢！

只是今年……小满叹口气，东志只晓得给别人照路，咋没想到自己家里也有条路照着，等他回来呢。

晚上，娘再问小满："东志还没信儿？"

小满点点头，一口一口喂娘饭。

娘那天精神头很好，吃完了又添了一碗。一般娘都吃得少，人瘫着，吃多了屙尿不方便，娘就忍了口。

娘吃饱了,似乎很满意,还要小满替她摘了一个柿子。完了娘冲小满说:“放心,东志十五那天准能归家仓的,我拿灯笼引路呢!”

小满心说:“娘的脑子躺出毛病了,归家仓,几千里外说归就归啊!把个柿子真当灯笼了。”

第二天,小满扫完院子里的落叶进屋去喊娘,一喊娘不应,两喊娘还是不应,三喊小满就带了哭声。娘手里的柿子啃了一半,人却奄奄一息了,只是手里还死死攥着那咬了一半的红柿子。那柿子才八成熟,涩得能让人喘不过气,娘的病是沾不得这东西的!

小满忽然明白娘昨晚的话了,娘是拿自己当灯笼了。

东志接到小满电话动的身,东志紧赶慢赶,在十五那天傍黑回到了黑王寨。远远地东志看见自家院子里红灯笼一样挂着的柿子在风中摇了几摇。

“啪!”就在他推开屋门的同时,树顶上最向阳的那颗柿子掉了下来。

东志刚要弯腰捡,蓦地,从里屋娘床间传来小满的一声长号:“娘哪,你咋把给东志引路的灯笼给丢了啊!”

东志双膝一软,扑进里屋,半个红红的柿子正好滚到他的脚下。

“归家仓呢,今天!”东志耳边响起每年这个时辰娘最爱说的一句话来。

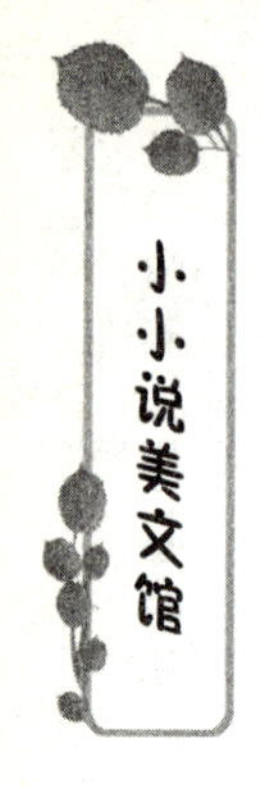

山那边

马均海

我家前面有座大山。奶奶已过古稀之年,可至今没去过山那边。

我家院子里有棵老楸树,奶奶手里没活儿的时候,就坐在树下的石礅上望山。奶奶望山的时候,神情很专注,一望就是很长时间,有时竟忘记了吃饭。

奶奶跟我说:"孙儿,也不知山那边是什么样子,山那边的景致一定很好看。"

奶奶年轻的时候,曾有爬过山去的念头,如今老了,爬不动了。奶奶给我说:"你抽空儿,一定要爬过去看一看。"

我说:"山那边的草也是绿的,花儿也是红的,也有庄稼和树木,还不是和这边的一个样子,有什么好看的呢?"

奶奶说:"不！山那边有一条很宽的河流,河里有很多鱼虾,我们这边就没有。"

我说:"奶奶,你没去过山那边,怎么会知道有条河流呢?"

奶奶说:"梦里见到的。"

奶奶有病期间,一个劲儿嚷嚷着要我替她去山那边看一看。

奶奶这辈子生活的空间太有限了,连山那边都没去过,何况更远的地方

呢？大山虽挡住了奶奶的视线，但阻断不了奶奶的想象。对奶奶来说，山那边是一种诱惑，是一种梦想。为了可怜的奶奶，为了奶奶的梦想，我决定去翻越这座大山。其实，我也没有去过山那边。一大早我就出发了，到了黄昏时分才回来。

奶奶见我回来，艰难地从床上坐起，让我坐在床边，拉住我的手，高兴地说："孙儿，快告诉奶奶，都看到什么啦?"

我说："奶奶，您的梦真灵，山那边确实有条大河，河面很宽，河水也很清，河面上有许多打鱼的小船，每条船上都有几只黑色的鱼鹰，那鱼鹰可真有本事，一个猛子下去，就叼起一条大鱼。"

奶奶说："还有呢?"

我说："河岸有一片很大的桃树林，桃花刚刚绽放，远远望去，就像一片红霞，漂亮极了，浓郁的花香，弥漫在空气里，使人感到神清气爽。"

奶奶说："还看到什么啦?"

我说："离桃树林不远处有座村庄，只有十几户人家。村西头那家有两间老瓦房，周围是低矮的篱笆墙，院子里有棵大楸树，树下坐着位老爷爷，嘴

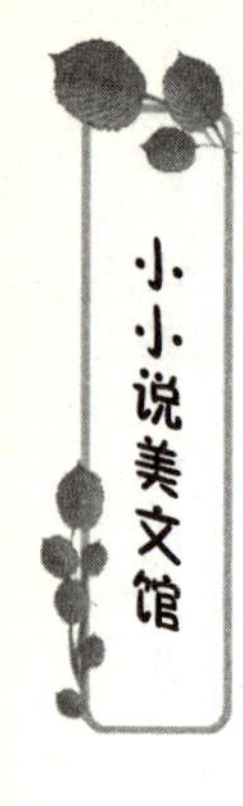

里叼着旱烟锅，也像您一样在望山，不过，他是向这边望……”

奶奶说：“那老人有多大年纪，长的什么模样？”

我想了想说：“老人的年纪可能跟您差不多，个子挺高的，他的右脸颊上好像有一颗痣。”

奶奶说：“他会打鱼吗？你看到他家还有什么人吗？”

我说：“他家院子里晾了一绳渔网，可能是靠打鱼为生的。我向他讨水喝的时候，见屋里铺了一张床，还有一张桌子，另有一些破东烂西，看样子，老人是孤身一人，生活过得比较清苦。不过，老人的身板看起来还算硬朗。奶奶，您问这些干什么，难道您认识他吗？”

奶奶点了点头，又摇了摇头。奶奶好长时间没有说话。我发现奶奶的表情很复杂，两滴清泪从眼眶里慢慢溢了出来。

奶奶的病情越来越重了。

那天晚上，奶奶让我坐在她的身边，交给我一个红布包，然后拉着我的手，好久好久都没说出话来。奶奶像一盏耗尽油的灯，少气无力地说：“孙儿，我死后，你替奶奶把这件东西交给山那边那位老人，就是脸上长黑痣的老人。”奶奶说完就咽气了。

我打开红布包一看，原来是一枚十分光洁的玉佩。玉佩在昏暗的油灯下，发出幽幽的光。

懒人懒命

李忠元

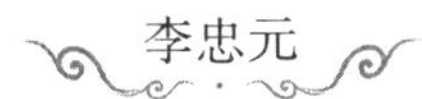

马六是个极其懒惰的人,这在农村是要招来乡邻唾骂的。

马六每年种的玉米都缺苗断垅,因为这,马六的女人没少和他吵架,可过后,他还是那个懒样。

前年天大旱,马六家里仅有的一垧地根本没有几棵玉米苗。无奈,马六在乡邻的哄笑声里不舍地砍掉了那数得过来的青苗,想改种。

可到底应该种什么呢?马六这回犯难了。种荞麦吧,太早不说,没有蜜蜂授粉产量又上不去,糟蹋了这一片好地。

而芝麻这两年市场价格不断飙升,播种简单,出苗后不用怎么侍弄。想到这儿,马六下定决心,改种芝麻。乡邻说:"你这不开玩笑吗?这都啥节气了?"马六才不管呢,说种就种。芝麻虽说种得晚,可一过春天老天几乎天天下雨,芝麻苗就像水葱一样长了起来。马六盼啊盼,人家都秋收了,可马六的院子里还空空荡荡的。

不觉一晃,天空飘下来鹅毛般的雪花,马六看着还在开花拔节的芝麻秆,心里实在不忍收割,就把收获的时间往后拖了再拖,才不得不把这闹心的芝麻收回家。马六的院子就像马六那不孕的女人,虽然肚腹并不干瘪,但让人看不到有多少丰收的希望。

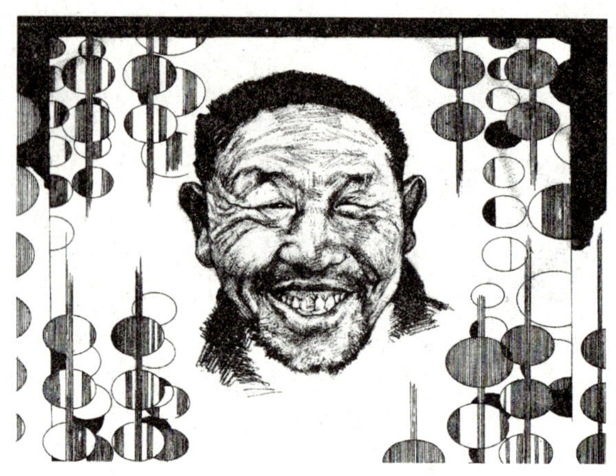

望着这院里一堆青绿的芝麻秆，对自己肚子不抱什么希望的马六的女人，也对马六不抱什么希望了。一赌气，她夹着大包小包骂着回了娘家。

一个人的日子也得过。马六被动地打起了芝麻，经过阳光曝晒，芝麻壳炸裂开了，再经过一阵敲打，芝麻粒便飘落下来。拿上秤一称，唉，多么可怜的一点儿产量啊！马六望了望自己女人远去的方向，愁坏了，嘴唇在一瞬间的眺望中起了无数个水泡。

刚进腊月，马六一连跑了两趟县城，把芝麻卖给了县里的食品加工厂，还算卖了不错的价钱。

不过，马六觉得他的收获还远不止这些。在他返家经过城郊的小市场时无意中看到一辆驴车拉着好多芝麻秆。马六出于好奇，就走过去，细打听才知道，县城里的人说道还不少，他们竟用这芝麻秆拢新年篝火。芝麻开花节节高，人们借此图个吉利。一捆五块钱，价格还不低呢。

马六的一堆芝麻秆拉了六大马车，足足卖了六千块钱，加上卖芝麻的钱，远远超出了乡邻们的收入。卖完芝麻秆，马六有钱了，来了精神，腰杆挺直了。乡邻也都换了一种眼神打量马六。一时间，马六种芝麻挣大钱的消息不胫而走。人们开始佩服起马六来，特别是马六的女人，又将当初拿走的大包小包搬回了自己的家。有钱花了，马六这个家感到完整了，活得就特别

滋润。

第二年开春,全村人汲取了马六去年种地的经验,跟风似的,齐刷刷地都种芝麻。当然,马六也一样。可马六仍像过去一样慵懒。夏天刚到,百年未遇的大旱又不期而遇,村里人都争先恐后地在大田里打起了机电井,起早贪黑地浇灌芝麻。经过这么一折腾,芝麻长得那个好呀,比马六上年的强多了。而马六这个大懒虫却躲在家里,守着老婆和热炕头,喝着小酒。打井?他才没那闲钱呢!结果芝麻苗相继枯萎而死,可这个季节还能种什么呢?看马六绝收了,村民们都要看看马六的笑话——“你马六这回再也不能发芝麻财了!”

马六琢磨来琢磨去,把这块地毁了,全栽上了大葱。村民们看热闹似的,还骂马六呢:“这么多大葱往哪儿卖呀!”

晚秋,秋高气爽,田野里金灿灿的一片,渲染着丰硕的果实。唯独马六的地还像上年一样一片碧绿,让人看不到丰收的希望。

然而,这天马六却欢快地唱起了歌,村里人个个对马六佩服得五体投地。因为从城里来了几辆大卡车,把他家一垧地的大葱全拉走了,马六又赚了个盆钵溢满。而乡邻的芝麻因为量太大,卖出去都难,更别提城里需求量本来就不大的芝麻秆了。

村民们这个骂呀:“这狗屁懒虫命真好啊!”

命好的还在后头呢!真是歪打正着,活得有些滋润的马六,因为不断滋润自己的女人,女人的肚子就像马六的腰包日渐鼓了起来。结果不到一年工夫就为马六生了一个结实的大胖小子。马六这个乐呀!

不知不觉又进入了新的一年,全村人还没买种子呢。说到种啥,人们都说:“看看马六种啥再说吧。”

马六却将自己家的一垧地全转租给了别人,并告诉全村人都种大葱,原来他早跟收葱的城里老客谈好了,做起了经纪人,当上了小老板。

无事生非

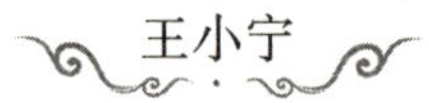

从前有座山。山下有条河。河边有个小村庄。

有天,村主任睡醒了。迷糊了一会儿,忽然感觉周围静悄悄的。是不是该干点儿啥呢?他想。

他走出去,到村子里转了几圈儿,又到村外去转了几圈儿,回来后苦思冥想,终于,一张美丽的蓝图勾画出来了。

第二天,他让人下去传令,全村一律搬到河那边去。

大家一听,炸了锅。这……这住得好好的,搬啥?

来人说:“村里有规划,大家都搬到河那边,重新建造房屋,统一规划。这样,一个美丽的新农村就建成了。”

大家想了想,说:“好倒是好,可把地都占了,那咱以后吃啥?”

来人说:“咱们村的那些老房子,你们又不是不知道,那都是明清时的建筑,风格各异,中西合璧,街道也像迷魂阵似的,那都是老祖宗给咱留下的宝贵遗产。”

“宝贵遗产也不能当饭吃呀?”

“咋不能?我们在那儿建个旅游景区,钱不就来了?钱来了还怕没饭吃吗?”

大家想想，也是个理儿，就拖家带口、撵鸭赶猪地搬走了。

古村落旅游景区的牌子很快就挂起来了。

村里还请来报社和电视台的人，不几天，报纸的头版头条就登出了有关古村落旅游景区的消息。电视台也一遍一遍地播放有关古村落旅游景区的画面。

人们蜂拥而至。

小吃摊儿、小卖店、野味儿农家乐、美容美发、旅店等都应运而生了。

钞票哗哗地拿到了村人的手里，大家都竖起了大拇指，说：“高。实在是高啊！还是村主任有眼光，脑子好使。”

不过很快，大家就发现，钞票数得不那么快了。

于是，村里在报上登出一条消息，古村落旅游景区于近日在景区内举办有奖比赛，看谁先走出村里的迷魂阵，就奖一万元。

电视台也一遍一遍地播放着有人在那些迷魂阵里行走的画面。然后镜

头一转转到了村口，这时，正好有人走出来了，村主任立刻上前，把一万元钱交到了他的手里。

那人欣喜若狂，高兴地把那一万元高高地举起来，面对着镜头说："这是真的！"

这时画外音适时地接着说："本次活动截至本月月底。大家可不要错过这个好机会哦！"

来了寥寥几个人，然后就又寂寞了。

"村主任，赶紧想办法呀。"

村主任挠挠头，说："不行再用野菜做回招牌吧。"

"野菜？野菜还有吗？早吃光了！连根儿都拔了。"

美容美发、旅店关门了。

野味儿农家乐也少有人光顾了。

小吃摊儿、小卖店也不剩几个了。

人们开始考虑农时了，打算着该种什么了。

这时才想起，地早就没了。

人们找到村主任，问："咋办？总得想个办法呀。"

"去打工吧。外面的钱好挣。"

一些人反驳说："听说外面的钱也不好挣呢。你没见电视上整天报道，因为讨不到工钱有跳楼、跳河的吗。"

"我……我跟其他人商量下吧。"

第二天，有人贴出布告，上面写着："解决目前我村的困境，有两种办法——第一，把现在的新农村拆掉，再搬回去；第二，把老村落拆掉，腾出地来。"

人们又炸了锅。

"俺那房子是刮风刮来的吗？好不容易盖起来了，你又让俺拆掉？没门儿！"

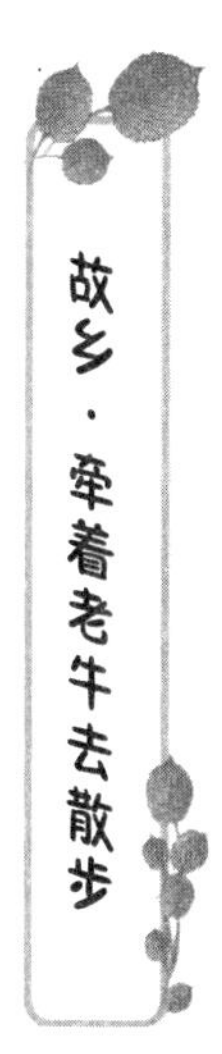

“拆那边也不行。那是俺的老窝。几辈人的心血。谁敢拆俺就跟谁拼!”

有人来做工作,大家就七嘴八舌说不同意,还纷纷说出了自己的理由。

后来,又派人去做工作,大家干脆不搭理或者闭门不见。

眼看着农时快到了,再不准备准备,过了农时,大家喝西北风去吧。

一着急,村主任下令:“拆!”

推土机轰轰隆隆地开过来了。

人们拿着木棍,拎着菜刀,把推土机团团围住。

大喇叭喊:“乡亲们,我们是干活儿的。不干活儿就没饭吃了。请大家配合一下,闪开闪开……”

有几个人过去,上去就把喊话的人摁倒在地,其他人也就沉默了。

牙祭

侯建臣

天上的半月越看越像个烧鸡腿儿。

刘二狗看着半月，口水就流出来了。好长时间没有吃肉了，刘二狗看啥都能想到肉。看着那肥肥的烧鸡腿儿，刘二狗感觉那一缕一缕的月光都是正在往下流着的肥鸡油。

“多好吃的烧鸡腿儿啊！”刘二狗说着，舔了舔嘴唇。

刘二狗这么一说，赵四也感觉到了。赵四本来想着别的事情，前一段，田家村的本家舅舅给他介绍了一个媳妇，面也见了，饭也吃了，结果舅舅捎来话，说那女的又不愿意了，嫌他家穷。看看院子的墙还是土坯墙，就知道这家肯定穷着哩。那顿饭，赵四还专门从镇上买了一只烧鸡呢。

赵四这时候也想起鸡腿的味道了，看着刘二狗陶醉的样子，他的嘴里口水也要流出来了。只是看着刘二狗那样子，赵四觉得太不像样子了，就咽了咽口水。

“想不想吃鸡肉？”刘二狗问赵四。

屁话！赵四在心里说，狗才不想吃哩。这样一想，赵四“扑哧”一下笑了。“狗”不想吃鸡肉那才怪呢，眼前这只“狗”想吃鸡肉都想到月亮上了。

“想吃？”见赵四不说话，只笑，刘二狗拿头指了指半月，得意地看着赵四。

“你有办法?”刘二狗一有这样的举动,赵四就知道刘二狗有想法了。

“没有。”刘二狗见撩起了赵四的欲望,倒不急了,只软软地说。

“你个狗东西!”赵四见上了刘二狗的当,在刘二狗的屁股上踹了一脚。刘二狗一躲,赵四差一点儿摔倒。

“真的想吃?”刘二狗来劲了,眨着眼睛又问。

“少卖关子,有屁快点儿放啊。”赵四知道刘二狗真的有想法了。

“你说李寡妇家的鸡肥不肥?”刘二狗说。

“合适吗? 孤儿寡母的,还有李栓柱他妈……”赵四说。李栓柱和赵四年龄差不多,娶过媳妇生了孩子不到一年,就死了,留下媳妇、孩子和他七十多岁的老妈。村里人都说,这个李栓柱,是个享不了福的命,爹死得早,老天开眼让他娶了一个挺好的媳妇,他却早早就死了。

“嘿,啥孤呀寡的,不就吃只鸡吗?”刘二狗说。

“算了吧。”赵四说完,准备往家里走。刘二狗一把拉住了赵四:“你这人,关键时候怎么这么怂!”

“我吗?”赵四的劲头上来了,赵四最怕别人说自己,特别是刘二狗。赵四从来就没把刘二狗当回事,刘二狗却说他,一股子气就从胸口往上顶。“走!”赵四瞪着刘二狗。

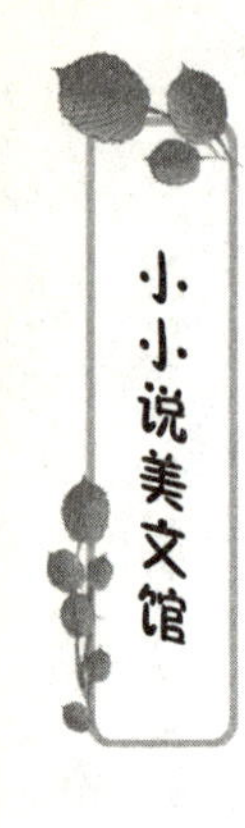

鸡肉煮熟的时候，半月已西斜。刘二狗和赵四一人一只鸡腿，刘二狗啃鸡腿的时候，眼睛斜着看那半月，刘二狗感觉自己正在一下一下地啃那半个月亮，肥肥的鸡油从他的嘴里流出来，又从他的下巴一滴一滴地滴到腿上。赵四也拿起那只鸡腿，当他把鸡腿挨近嘴边的时候，脑子里就出现了李栓柱的影子。李栓柱在的时候常跟他们在一起，那时候李栓柱的妈还硬朗，只要他们几个在一起，栓柱妈就会招呼他们一起吃饭。李栓柱一死，老人许是受了刺激，脑子不灵便了，连身体也一天不如一天。村子里年龄差不多的人只有他们三个，现在李栓柱走了，就剩下他们两个了。想想李栓柱的媳妇拉扯着孩子、照顾着老人，赵四的心"咯噔"了一下。

赵四拿着鸡腿，抬起头来，看见李栓柱睁着一只眼睛在瞪他，就是天上那半个月亮。赵四放下了鸡腿，瞪着刘二狗。赵四对刘二狗说："掏！"

"掏啥？"刘二狗正啃得香呢，听赵四一说，不情愿地停下了。

"掏钱。"赵四说。

"掏钱做啥？"

"叫你掏就掏。"赵四的口气很坚决。

刘二狗右手还拿着鸡腿，左手朝右边的兜里伸进去，摸索了好长时间，摸出几张钱来，大多是一元的，看起来也就六七元的样子。

"再掏。"

刘二狗就把鸡腿递到左手，右手又伸到左边的兜里掏。掏出了皱巴巴的一张两元的，还有一张五元的。赵四也掏，他掏出了一张一百元的，再掏，又掏出一张五十元的，然后把钱放在一起。

刘二狗有点儿委屈，嘴里嘟囔着，说这鸡比城里的都贵。见赵四开始放开了劲儿啃，想想，他也放开了劲儿啃。在茫茫的夜色中，远远近近都很安静，只听见赵四和刘二狗两个人啃骨头嚼肉的声音，那声音腻腻的，让淡淡的月色也变得腻腻的了。

天上的半月，不知道什么时候，也不知道让谁给啃没了。

多年文子熬成客

春节，南来北往的归人如倦鸟知还，小小的村子热闹起来。

腊月二十七，邻居李叔就兴冲冲地发出邀请："小四快回来了，到时候，一定过来喝酒。"

小四是我的发小，也是我们这群人的偶像。他一直成绩拔尖，我只考上一所不入流的师范学院，他考上了北京一所名牌大学。

大学毕业后，我回乡下中学当老师，小四进了某核电技术研究所，非常忙，一年半载都回不来一趟。

去年春节，李叔拿着一部崭新的苹果手机跑到我家，请教触屏手机如何用。原来小四过年回不来，就给他爹寄回一部手机，说还能视频通话。我爹不无羡慕地说："小四真是有出息，这部手机，你李叔说能买一头牛呢。"

我脸上一阵泛红。或许因为年龄差不多，有意无意，爹总是将小四和我做比较。惭愧的是，这些年，我一直没有给他争气——读的大学不如小四，工作不如小四。如今结了婚，天天和爹一个院子里进出，有什么事情一个眼神就领会了，用不上视频通话。

腊月二十八，小四回来了。我和爹被请过去喝酒。李叔李婶前后左右围着儿子转，挑起个话头就小心翼翼地看一眼小四，好像生怕自己说得不到

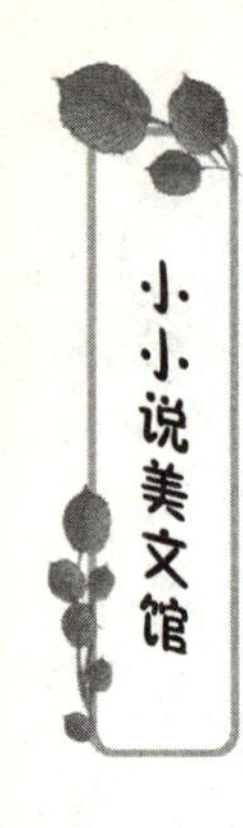

位，让儿子不舒服。

李叔多喝了两杯，搓着自己的手指头，红了眼睛对着我和我爹感慨：“昨天晚上，四儿给我洗脚了。”

小四脸一红，有点儿难为情的样子：“唉，我一年到头都回不来一趟，洗个脚有什么啊。”

我爹羡慕得眼珠子都圆了，一个劲儿地嘟囔：“这孩子真孝顺。”

正说着，李婶抱着一床新被子从堂屋跑过来，讨好地对小四说：“这被子只用过一次，你凑合着盖吧，昨天盖的有些薄了。”

小四温和地笑着拍拍李婶的手：“行啊，妈，快别忙活了，看我回来给您添多大麻烦。”

李婶红着眼睛摆手：“不麻烦，不麻烦。”

一餐饭，李叔和李婶转得像陀螺，一会儿夹菜，一会儿倒酒，拿出十二分的热情来迎合久未谋面的儿子。我和爹从始至终跟着赔笑脸，到最后，出了李叔的门，腮帮子都酸掉了。

“看你李叔李婶，待小四怎么像个客啊？”爹倒背着手说，忽而又抬起头瞪我，“人家小四还给他爹洗脚，你看你……”

我嬉皮笑脸：“要不，今天晚上我也给您抠抠脚丫子？”

“去你的。”爹笑着用脚尖踢我屁股一下，转身回了自己房间，临关门又想起什么，回过头说，“明天早点儿起，你妈炖肉，你和你媳妇儿好好打下手。”

我家那锅炖肉还没吃一半，小四又回了北京。爹很是失落：“我还想请小四过来喝酒呢。”

李叔坐在我家炕头上，摆摆手：“孩子忙，事业重要，能回来这几天就不错了。”

话虽如此，可看得出李叔还是很失落。一顿饭下来，菜没吃多少，酒喝了大半瓶。到最后，舌头都有点儿直了：“我、我现在和小四是朋友……”

我爹的眼珠子又瞪圆了：“朋友？他不是你小子吗？”

我扯扯爹的衣角，爹的传统思想根深蒂固，这种时髦的亲子关系，完全不在他的理解范畴之内。爹明显带了几分酒意，我赶紧去夺爹的酒杯，他血压高，医生说过不让多喝酒。

爹不从，和我争来抢去，最后甚至孩子似的围着桌子和我躲起猫猫。我嚷着让李叔评理，一抬头，却发现李叔满脸羡慕。

那天晚上，李叔彻底喝高了，扶他回去的路上，他又哭又笑：“朋友，唉，不当朋友又怎样呢？孩子混出息了，可是，和我和他娘都生分了，早知道这样，还不如把他留在身边。”

冷风一吹，爹的酒醒了不少，听着李叔的话，他的眼眶湿润了。

回来的路上，爹难得地没有教训我，关门时，还在我身后柔声地说：“早点儿歇着吧，今天累。”

半夜醒来，爹的房间还亮着灯。从他窗下经过，我听到他正和娘感慨：“看老李省吃俭用将儿子培养成一个客，倒不如咱，儿子虽然没有大出息，可

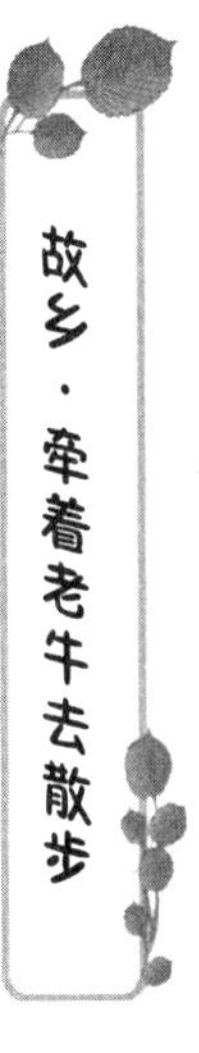

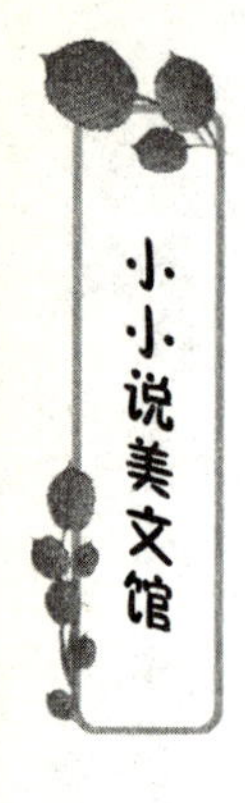

踏实贴心,当老子的心不孤独。”

立在寒风中,我的心,一下子暖了。瞬间,我想起一句话:孝顺的儿子没出息,有出息的儿子难孝顺。不是他们不想,而是没有那个时间和精力。

第二天晚上,我破天荒将爹挣扎的双脚摁进洗脚盆,他的手,迟疑片刻后,轻轻落在我头上。那一刻,灯光静谧,夜色温情,我好像一下子回到被宠的童年。

从此,爹再也没有将我和小四做过比较。

爷爷的村庄

郭震海

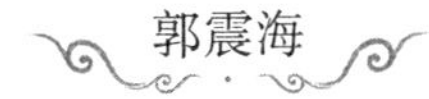

“天津到底有多大啊?”德胜爷爷问我这句话的时候,我一时不知道应该咋回答。

德胜不是我的亲爷爷,只是远房亲戚,母亲告诉我论辈分算下来我应该喊德胜爷爷。因为平日里少走动,显得很生疏,应该说在我记忆里已经忘记还有这样一个乡下爷爷。

今天“十一”假期，母亲说她想去看看村子里的人，当时我听了极不情愿，说：“好不容易才放假七天，回乡下干吗啊？”

母亲生气了说：“你整天待在城里，都忘了本了，你要记住你是黄土地里长出来的娃，是五谷杂粮把你喂养大的。”

看到母亲生气，我只好答应。

我们从市区出发乘车走了近四个小时，最后长途客车气喘吁吁地停在一个偏远的小镇，司机说到站了。我搀扶着母亲走下车，沿着曲曲折折的乡间小道，向更为偏远的山里走去。

到达一个叫槐树岭的小村，已经接近黄昏。成群的鸟儿开始归巢，夕阳的余晖洒在高大的树梢上，大树仿佛在如血的夕阳下燃烧。德胜爷爷看到我和母亲后，愣了半天，手里拿着的两个玉米棒子掉在地上，或许他不敢相信我们会来看他。

“我不是在做梦吧？”德胜爷爷自言自语了一句后，突然回过神来高呼，“他娘，他娘，你看谁来了！”

屋子里一阵响动，一位老太太出来看到我们后，激动得腿都在哆嗦：“哎哟，大老远的，真稀罕了，快进屋、进屋。”

晚上，德胜爷爷烧火，老伴儿做面，母亲在一旁帮忙。我没事，沿着村庄走了一圈。村庄看上去不算很小，估计有一百多户，奇怪的是人很少，偶尔有老头老太太提着荆条编制的篮子走过，他们用异样的目光端详着我这个陌生的人。

吃晚饭的时候，德胜爷爷说，村子里人并不少，五百多口人，只是每年一开春，雪没消尽，地没解冻，年轻人就开始浩浩荡荡地离开村庄，他们拥向北京、上海等城市，过年的时候才回来，平常村庄里留下的只有老人。

德胜爷爷说，他的两个儿子媳妇都在天津打工，说在什么“糖果区”。

我听了说：“是塘沽区吧？”

德胜爷爷说：“是哩，是哩！”

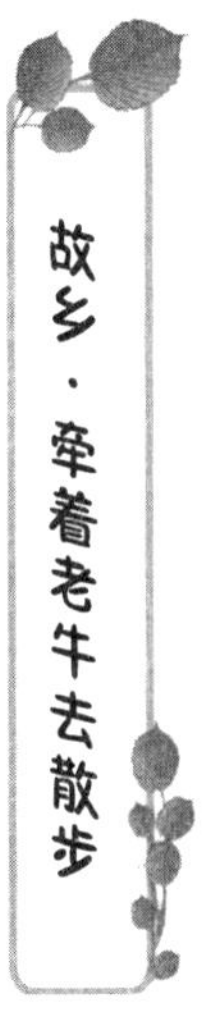

他说着不吃饭了，放下碗筷，从枕头下面拿出一个白色的塑料袋，一层层打开后，是两张照片。一张照片上是一家三口，背景是天津意大利风情街，在意式建筑风格的小洋楼前，照片上的人显得很精神，也很开心。另一张是一个年轻小伙子，背景是天津市塘沽区的东方大道。

德胜爷爷说："三个人那张是大儿子、儿媳妇和孙子；单人的是小儿子，还没有成家。他们都在天津做工。"

我从德胜爷爷的眼睛里看到的是说不出的自豪。

老伴儿在一旁说："别理他，两张照片像宝贝似的，动也不让人动，见人就拿出来显摆。"

德胜爷爷问我："天津有多大啊？"

我一时不知道咋回答，我说："天津很大。"

德胜爷爷满脸乐开了花说："当然是很大了，过去，手提包上不是印着'北京'就是'上海'，还有'天津'，娃们回来说都大得都连着海了。"

他老伴儿说："大儿子是建筑工，小儿子是木匠，娃们在外也是受苦哩。"

德胜爷爷不爱听了，说："能为大城市做贡献，那是咱娃的福气，如果娃要修天安门，我涂上脸穿上蟒袍敢唱三天戏。"

他老伴儿说："得瑟死你啦，天安门早有了，还用得着修。"

德胜爷爷一时不知道说啥，想了半天说："我说的是维修，维修，你懂不？"

他因为突然想出"维修"这个词，高兴得像个孩子。

第二天上午，我和德胜爷爷来到他家的玉米地里，他高兴地领着我转了好几块田地，累了就坐在石头上抽烟。

望着成片的玉米地，他突然叹了一口气说："娃们能走的都走了。"

德胜爷爷问我："如果都向城里跑，都不种地了，吃啥？过去粮食为纲，现在都抓钱哩，地都荒了。"

我一时无语。

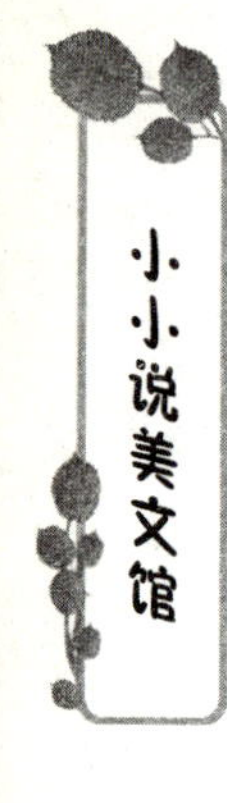

他抽了几口烟告诉我，前几天，憨则老汉被一口痰噎着，死在了地里。憨则老伴儿为了不惊动城里打工的娃们，在村里老人的帮助下，挖了一个土坑，棺木都没有就埋了。冬海他娘是个哑巴，八十岁了，孩子都在外打工，死在老屋里三天了才被人发现。

“这一年就走了七个老人啊！”德胜爷爷扳着指头数着，眼里满是泪水。

德胜爷爷问我：“城里真的很好吗？”

我说：“除了高楼就是车，一点儿也不好。”

他说：“不好，都还往城里跑？”

我说：“我带你去城里看看吧？”

德胜爷爷说：“不了，我死了就埋在这片地里，我是种田的，活着种田，死后也要躺在地里看护庄稼哩。”

10 月 22 日，一个平平常常的下午，突然有消息传来说德胜爷爷走了，突发脑出血死在自家的地里。

当时，老伴儿抱着他的头使劲呼唤：“你这不是人的老东西，你走了留下我咋办啊？ 啊——”

德胜爷爷用最后一口气吃力地告诉老伴儿：“死后千万不要惊动娃们，树叶黄了就要落，娃们在为大城市做贡献哩，出息着哩！”

我听了这个消息后，泪水夺眶而出。都说养儿为防老，为了生计，年轻人纷纷拥向城市，孤独的老人们坚守着掏空了的村庄，那些生养我们的白发爹娘啊，或许将成为村庄最后的见证者，直到孤独地离去。

母亲说，德胜爷爷如愿被埋在他的玉米地里。下葬那天，身边围坐着的是和他一样的老人。天空中飘着秋雨，老人们围坐在一起默默哭泣，为德胜爷爷哭泣，为失去生机的村庄哭泣，为成片的玉米地无人照料哭泣。

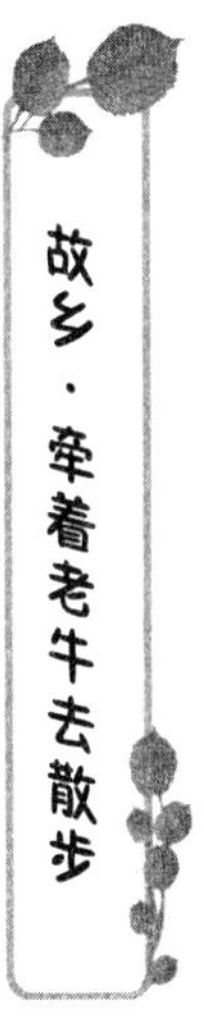

反动画家王癞子

莫 美

王癞子带着三个助手，站在一面雪白的墙前。

这墙，有二十多米长，十多米高。

墙上，即将产生全村最大的壁画，也是王癞子他们要画的最后一幅壁画。

县里开展新壁画运动，口号是房屋壁画化，建成壁画县。试点刚刚开始，《麻石报》就发诗赞美："社会主义新壁画，新农村里把根扎。农民热爱新壁画，村村都把壁画画。跃进车，跃进马，处处都是跃进画。"

王癞子所在的胡家村，就是县里确定的试点村。

村里安排了几十个人搞粉刷，王癞子带着三个助手画了二十来天。画完这一幅，胡家村就壁画化了。县里、公社就要带人来参观了。

这一幅，不仅是村里最大的，也是最显眼的。

一名助手说："癞子，这一幅，就完全由你来画吧。"

王癞子喜欢别人叫他癞子。三位助手跟着他学画壁画时，叫他王老师。他觉得很别扭，说："还是叫癞子吧，自在一些。"

三位助手就和别人一样，叫他癞子了。

王癞子看着三位助手，笑笑说："你们也要画，我为主吧。拿酒来！"

助手说:“酒是安排了的。不过,还是画完再喝吧。”

王癫子说:“边喝边画吧,不然没有灵感。”

一位助手便去供销合作社打酒。

王癫子喜欢喝酒,一喝就醉,一醉就口无遮拦,口无遮拦就成了“右派”,成了“右派”就下放到了胡家村。到了胡家村还是要喝酒,还是一喝就醉。社员家里有什么红白喜事,请他去写个对联什么的,是一定要做完事才让他喝酒的。不然的话,酒喝完了,事却做不成了。

助手买来了一瓶白酒。

王癫子打开盖子,喝了一口,指着那墙说:“这画总的构思是,前面,当空一面迎风招展的大红旗;红旗下,一队社员,奔向田间;红旗上面,写这么几个字,‘一切为了放卫星’,社员要神态各异,不能重复,有男的、有女的;有锄荷的、扛犁的、挑粪的、牵牛的、吹号的,都要脸带笑容,要有艺术变形。你们说说,行吗?”

助手们连连说:“好,好!”

王癫子又喝了一口酒,说:“我大体上勾画一下,你们再各自发挥吧。”

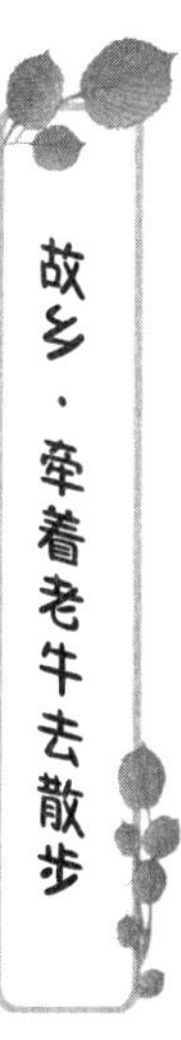

助手们说："好！"

王癞子便一手拿酒壶，一手拿画笔，在墙上勾画起来。

勾画完毕，王癞子说："你们画吧。后面那牛，那吹号子的人，我来画。"

助手们便开始画画。

王癞子坐在一块石头上，看着助手们画，间或喝一口酒，指点一两句。

太阳快要落山了。

助手们的画完成了。

王癞子的酒也快喝完了。

助手们说："癞子，还不画啊？"

王癞子便慢悠悠站起，一手提着酒瓶，一手拿着画笔，趔趔趄趄走到墙前，举起酒壶，喝一口酒，然后胡乱涂抹起来。助手们端着颜料盘，拿着笔，站在后面，看着他画。

画毕，王癞子望着助手们嘿嘿地笑。

王癞子画得很是夸张，那牛，硕大无比，那号子，也是硕大无比。

助手们看画时就在笑，看王癞子那神态，就笑得更加灿烂了。

王癞子退到稍远处，左瞧瞧，右看看，喝一口酒，笑笑，走到助手们画的地方，这里添一笔，那里涂几下。助手们还是站在他的身后，微笑着点头，无言地赞许。王癞子只是寥寥几笔，便增添了些许夸张、些许生动，风格也大体协调了。

王癞子回到原地，坐下，喝酒，点头，看着那画，看着助手们，傻傻地笑，忽然拧紧眉头，两眼发直，呆了一阵，倏而一跃而起，走到画前，在后面空白处，唰唰几笔，署名落款：王癞子作。那字，歪歪斜斜，有几分醉意，有几分癞气。

助手们打趣道："癞子，这是集体创作，怎么只署你一个人的名啊？"

王癞子不说什么，只是傻傻地笑。

几天之后，全县壁画工作现场会议的几百名代表来到了胡家村。他们

站在那幅最大的壁画前欣赏品评，气势宏伟啦、形象生动啦、浪漫色彩浓郁啦，啧啧，啧啧，赞不绝口。慢慢的，有人品出点儿异味来了，轻声说，号子的喇叭口那么大，又恰恰对着牛屁股，那牛又像充了气似的溜圆，这不是挖苦大跃进是吹牛皮吗？议论的声音虽然很轻，还是立马传开了。有人说，不是吹牛皮，是吹牛屁股呢。

壁画前，人群里，便有了轻微的笑声。

议论自然渐渐趋向一致：这是一幅恶毒攻击大跃进的反动壁画。

王癞子自然就是反动画家。

王癞子当即被带往县公安局。

那癞子也真是的，被带离胡家村的时候，看见自己的助手和熟悉的社员，还嘻嘻笑呢！

风　水

黄大刚

长丰乡是一个以农业生产为主的乡镇，这几年，别的乡镇纷纷蛇找蛇路，鳖找鳖道，发展的步伐加快，排名争先恐后地往前蹿，长丰乡成了全县垫底的乡镇。

知道调到长丰乡当乡长后，小林心里一百个不愿意，这是块硬骨头，能不能啃得动，小林乡长心里没底。他试图降职调整到别的岗位，但组织决定的事，他只能服从安排。

他去长丰乡报到前，查了一下长丰乡的资料，长丰乡的农民人均纯收入大大低于全县平均水平。他沉思良久，决定把提高农民收入作为自己的努力方向。

到长丰乡报到的当天下午，小林乡长便下乡去调研，他要跑遍全乡所有的村庄田野，希望能从调研中找到工作思路。

连续跑了几天，小林乡长发现，长丰乡的田地并不贫瘠，农民也不懒惰，关键是缺水。

小林乡长这才深刻体会到了“水利是农业的命脉”的含义，但长丰乡的水从哪里来呢？一是不近江河，二是松涛水渠也不从乡域通过，光打机井也不是办法。

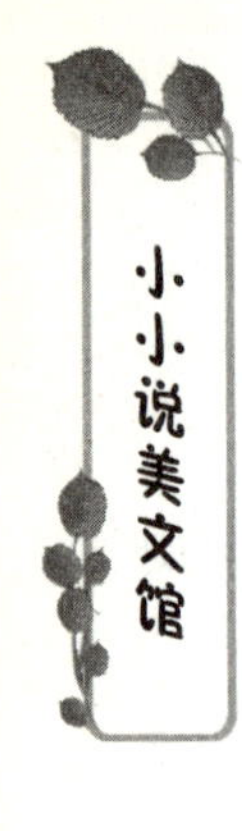

“要是有水就好了,可以引导农民种反季节瓜菜等经济作物,增加经济收入。”小林乡长一厢情愿地思谋。

当小林乡长到黄家庄调研,看到村边的加龙潭时,像看到大救星,激动地围着潭转起来。

“太好了,这下缺水问题可以解决了。”他兴奋地指着加龙潭对乡党政办主任说。

张主任面无表情,似乎对小林乡长的喜悦毫无反应。

“张主任,马上通知,下午开会,研究引加龙潭水灌溉的事。”

张主任拿笔记了下来,还是一声不吭。

待上了车,张主任才说:“乡长,您刚才布置的那个会还是缓缓再开吧。”

“还缓什么?马上开,这可是解决长丰乡发展的大事。”

“乡长,您刚来,可能还不了解情况,这加龙潭动不得。”

“哦?”小林乡长从副驾座侧过头。

“这加龙潭啊,据风水先生说,我也不知对不对,这加龙潭和咱乡政府连着一条龙脉,如果动了加龙潭,那就坏了龙脉,会伤到乡政府领导的。”

“就因这,加龙潭一直没发挥作用,长丰乡的百姓就只靠天吃饭?”小林乡长顿时来了气。

张主任不好接话,默默地坐在车后座。

“什么逻辑?那你说,龙脉保存得那么好,乡政府的领导升官了没有?”

张主任知道这个问题不用他回答,小林乡长也知道得一清二楚,这几年因长丰乡经济发展上不去,乡长换了几任。

下午开会,又有人提出这个问题。小林乡长见干部竟也有这种思想,恼得当场拍了桌子:“你说风水的事大还是老百姓的事大?办不好老百姓的事,啥风水都是假的,老百姓才是最大的风水,你们放心,要是真有风水,伤了风水,遭殃的是我,还轮不到你们。”

加龙潭引水工程在县里重视下,没多久就建成投入使用,那些天,小林

乡长天天往工地跑，协调解决工程施工过程中的困难和问题，白皙的脸晒得黑里透红，与当地的老农无异，鞋子上的泥巴没干过。

加龙潭引水工程当年就见了效益，那一年村村户户都种了反季节瓜菜，市场价格好，农民收入一下提高了不少。当年，长丰乡经济增速全县排名第一。

小林乡长紧抓瓜菜种植这张牌，加强标准化基地建设，在全国主要城市设立直销点，专门建设供港澳瓜菜基地，实现瓜菜直通港澳。

长丰乡瓜菜种植不只在县里领先，就是在全省，那也是响当当的，一到瓜菜收获时节，各大瓜菜商直接在长丰乡设点收购瓜菜。

后来，小林乡长被提拔了。

又有人说起了风水的事情，说，小林乡长能够升官，全因为乡政府风水好，与加龙潭龙脉相连。以前，之所以领导没升官，主要是没打通与加龙潭的龙脉，现在龙脉通了，你看，小林乡长升官了。

这话传到小林乡长耳里，小林乡长只是笑笑。

会跳水的猪

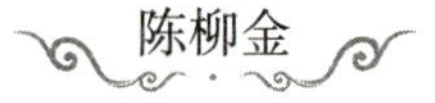

爹一生粗茶淡饭，波澜不惊，没想到在他花甲之年，做了件惊心动魄的大事，在养猪业界搅起了滔天浪花。

这事得从村里移民之前说起。

那时宰猪村民有自主权。只要听到凄厉的猪叫声在村庄上空回荡，村民就明白又一头猪上了案台。农事便干得潦潦草草，索性搁了锄头，边褪高挽的裤管边探问谁家宰的猪。

不到一袋烟工夫猪肉就被抢购一空。爹拎着席草系着的一刀肉，脚下生风地回了家。切肉声、剁蒜声、下锅声，合奏成美妙的红烧肉之歌，香味飘出老远，神仙闻到了也得打几个滚。

爹平素没啥嗜好，就爱这一口。但后来规定家养猪统一送镇里屠宰后，养猪业就步入了“骚时代”。爹便去琢磨，还真揪出由头来了。以前村民拿米粮、谷糠、番薯苗等天然食品喂猪，还常放出栏来让猪伸脖子拉腿。如今那些专业户一股脑儿买回几十上百头猪，给它们喂添加激素的猪饲料，甚至喂镇静剂，猪大吃大睡，自然就长得快。他们才不管猪肉骚不骚呢，蘸着口水点钞票数得牙疼手软。

于是，村民也浮躁起来，再不愿傻哩吧唧地拿米谷喂猪了，买回一大袋猪饲料和添加剂,只有猪长得快才是过日子的硬道理。

这对爹简直是个打击。但一年总有一回,爹会用土方法养一头猪,送镇里屠宰后要回一半。左邻右舍总会尝到爹亲手烹制的红烧肉,那个香啊,无法言传。

可惜就是这仅有的权利,也给剥夺了。市里决定对下游的凌江水库加固扩容,全村要迁移到水库附近。房子全是几十平方米的"火柴盒",村民得侧着身过日子,哪里还有猪的容身之所?

爹噙着泪把猪赶出栏,请来屠夫私宰。家门口支起大锅,切成大块的肉拌进姜、蒜、料酒、酱油,文火慢熬。

香味撩醒了村庄的沉梦,没想到爹会请村民品尝红烧肉。爹选了个最能唤起宗族情感的地方——祖屋厅堂,像举行一场诀别的盛宴,一村子的人脸上没丁点笑容。爹端了一大碗红烧肉摆到祖宗神龛前,点上三支香,摆上三杯酒,列队三鞠躬……

移民村里,听不到猪们的哼哼唧唧,爹窝在屋里如坐针毡。怕他闷出病来,我便叫他来城里住。开始还算踏实,后来饭越吃越少,有时喝点汤就把碗撂了。

我明白爹吃得寡淡的根源,便去市场买回肉来烹制。爹看到碗里的红烧肉眼睛就发了亮,但送进嘴后,筷子便进退维谷。我夹了块,一股骚味直刺喉咙,旋即吐了出来。

爹无精打采地看着电视新闻,眼睛再一次发了亮——湖南一个村民搭了个跳水台,像训练跳水运动员一样锻炼自家饲养的土猪,以增加猪的进食量和生长速度,有效提高猪肉品质和口感。

爹用力拍打沙发,连说:"这个法子好!"

我说:"爹,八成是炒作!"

爹却犟得很,说:"你就五迷三道吧,一辈子吃骚猪肉。我要回颍川村去养猪,就养会跳水的猪!"

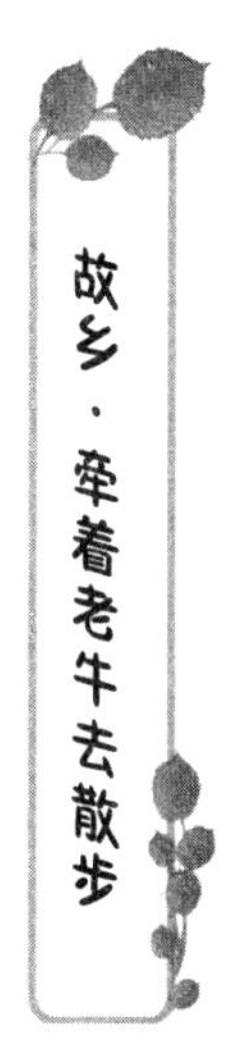

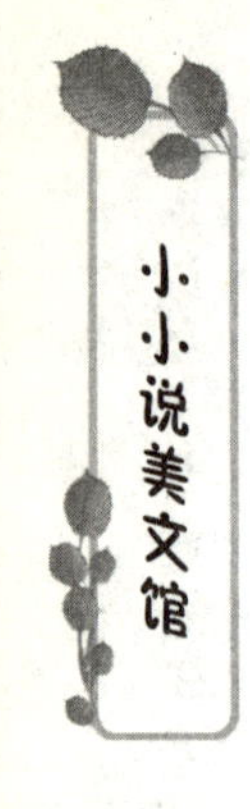

不论怎么劝,爹吃了秤砣铁了心。回到移民村把锅碗瓢盆等一应家什收拾好,还精挑细选了两头猪崽,请来拖拉机沿凌江而上拉回了颍川村。

村里空荡荡的不见人影,如剑的芒草在风中刺啦啦响,爹的心被戳得粉碎。心苦着哪,但猪崽的嗷嗷号叫容不得爹多想,赶紧到草稗丛生的番薯地里摘来嫩苗,熬成一锅美食,猪吃得吧嗒吧嗒响。

搭好了一个简易跳水台。猪们放出栏,四蹄飞扬,在竹鞭的引导下跑向槽道,忽然意识到前方不是它们的方向,铆了劲扭头回奔,被爹拧住耳朵,强拖硬拽,蹬踏声和干号声乱成一片。爹咬牙挥下一鞭,猪泄了劲,跑到台缘,却杵着再不肯动。爹恨铁不成钢,连抽几鞭子。扑通通!哗啦啦!两头猪完成了首轮跳水运动。

每天至少要这样训练两个小时。到后来不用鞭子,只要爹一吆喝,猪们就会轻快地跳下水去。

终究把移民办的人招惹来了,他们苦口婆心地劝导。爹恨恨地说:“这是我一砖一瓦垒起来的屋子,凭啥不让住,就是死也要死在颍川村!”

几天后,村里开进了几台大铲车。正在驯猪的爹惊呆了。铲车直奔村里的祖屋,这座有几百年历史的老屋瞬间轰然倒塌。爹感到了窒息和挑衅。

看着民房一间间倒下去,爹心里的防护墙也一扇扇坍塌。

这晚,雷电齐鸣,暴雨如注。移民办干部连夜派来拖拉机,道理长道理短说了一大筐。见爹无动于衷,他们使出了强拖硬拽的杀手锏,爹心里的防护墙彻底垮了,眼睁睁地看着他们把两头健壮的猪抬到了拖拉机上。

爹穿着雨衣坐在拖拉机后头,像护送粮草时被活擒的将军。

又一道闪电划破长空,雷声大作,两头猪受到了惊吓,越过拖拉机护栏,训练有素地跳进了浊浪滔天的凌江。爹悲壮地喊了一嗓子:“我的猪!”随即大鹏展翅似的飞了下去……

爹本来想把两头土猪养大后,一头焖成红烧肉分给乡亲们品尝,一头送给儿子做腊肉。按他的话说:“城里的猪肉都是狐狸精变的!”

我从市场买来肉亲手焖了一大碗红烧肉，摆在爹的灵位前。哽咽着说：“爹，每年的今天儿子都给您老烧一大碗肉！”

晚上，我借酒消愁，把一瓶米酒喝了个底朝天，终于趴倒在桌子上。睡眼蒙眬中，听到爹恶狠狠地斥道：“哪里弄来的红烧肉？快端走，能骚出脓来！”

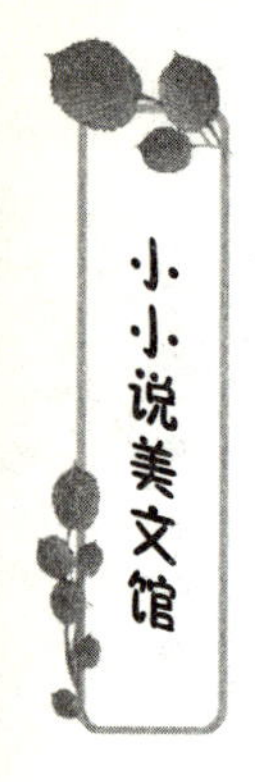

大哥的麦地

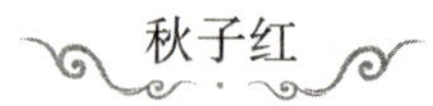

黄鸟一叫,麦子熟了。

漫山遍野的麦子,像一片金黄色的海浪,在热辣辣的五月风吹拂下,扑打得村庄似乎在轻轻摇晃。故乡的村庄里,飘着麦子成熟时所散发出的,那种很好闻的麦香味。

我就是嗅着那种亲切的麦香味,从远方的城市里回到了故乡,帮爹收麦子。

爹说:“麦熟了,回来得正好。”

抽完我敬他的一支烟,爹又说:“明早天蒙蒙亮咱就割麦。”

说是割麦,其实故乡人老早不割麦了。麦熟的时候,村庄外面柏油路上来来往往的收割机一台接着一台,打声招呼,一两支烟的工夫,一地麦子哗哗哗就变成了一袋袋黄灿灿的麦粒子。不要说割麦,村庄里那些年轻人,现在极有可能连镰刀把都没摸过。

但大哥喜欢割麦。麦熟的日子,大哥早上什么时候起床的,我一点儿都不清楚。帮爹做熟了早饭,大哥蹑手蹑脚地走进堂屋,一把揪住我的耳朵在我耳畔喊:“懒虫快起来,太阳晒到屁股了。”

像是脑壳里钻进了一只瞌睡虫,我呜呜噜噜答应一声,大哥刚一松手,我倒头又睡着了。大哥急急火火说:“早饭在锅里热着,我和爹割麦去了。”

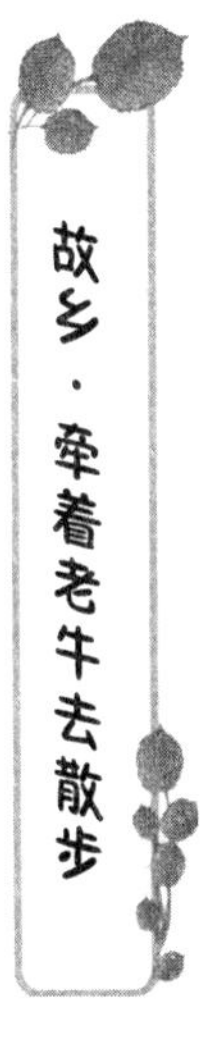

等我揉着惺忪的眼睛走到地头，大哥和爹早割出去一大截。大哥割麦像爹，双脚摆开架势，身子往前一弓，镰刀挥舞起来。嚓，一镰；嚓，又是一镰，动作既麻利又耐看，镰刀割出的麦茬又低又干净。我握着镰刀，刚割过几镰，麦芒刺得手腕又痒又疼。直起腰望望天空，天蓝得像一整块水蓝色的水晶，太阳挂在头顶，毒辣辣的光芒倾泻在脸上，针扎一样疼。

大哥回头望望我，咧嘴朝我笑笑说："红娃，回家给爹端壶茶水去。"

我扔下镰刀，一转身就往地头的树荫里跑。

爹没好气地说："红娃学学你大哥，看你大哥咋割麦！"

我听见大哥笑着对爹说："红娃还小。"

其实，大哥比我大不了多少，满打满算，大哥比我只大两岁零三天……

第二天清早，给开收割机的师傅打了声招呼，到晌午，爹的二亩多麦子就变成了黄灿灿的麦粒子，晒到了村庄外面的麦场上。不到三天时间，村庄外漫天遍野的麦子，就让那些突突突轰鸣着的铁家伙给收拾干净了。田野一下变得空阔起来，村庄南面的土塬，从田野上显露出来，像一道黄褐色的屏障，在田野尽头连绵起伏着。

做熟了晚饭，叫爹吃饭时，我发现，爹正一个人蹲在庄南塬顶的一块麦地边，默默抽着烟。

这是我家距村庄最远的一块地。现在，周围的麦子早收割了，只剩下我家的麦子孤零零地站立在南塬塬顶上，像是天上落下来的一朵金黄色的云。站在南塬塬顶上，可以望见远处绿树掩映的村庄，还可以望见从村庄通往远方的柏油路。

那一年，我们在南塬塬顶上割麦。割着割着，大哥忽然对爹说："爹，麦割完我就打工去了。"

爹愣了半晌，问大哥："你不念书了？"

大哥说："让红娃念吧。"

大哥回头看我时，我看见大哥眼里扑闪着晶亮亮的泪花。大哥考上了

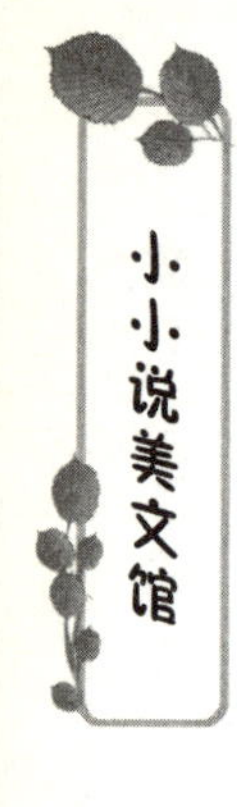

高中，我考上了初中，但娘刚过完年就去世了，为了给娘治病，爹欠下了一屁股的债……

走到爹身边，我问爹："割麦吗？"

爹抬起了头，揉揉眼睛说："咱再等等。"

塬顶上的麦子早熟了，一棵棵麦穗黄灿灿、沉甸甸的，风一吹，发出一片窸窸窣窣的响声。

我要去远方的城市了。我临走的前一天傍晚，爹磨好了三把镰刀，说："红娃，咱割麦去。"

我和爹来到庄南土塬塬顶上。

走到地头，爹弯腰割了一把麦，然后将镰刀放在麦棵子旁边。紧接着，爹从怀里取出一沓黄纸，抖抖索索点着了。

爹说："祥娃，回来吧。"爹又说："祥娃，咱一道割麦。"

红红的火舌，舔着爹沟壑纵横的脸，爹的脸上，满是黏糊糊的泪。

祥娃是大哥的乳名。大哥在南方的建筑工地打工时，有一天从工地脚手架上跌下来，一句话没说就走了。大哥的骨灰，就埋在故乡村庄南塬塬顶，我们家的这片麦地中……

我和爹拿起了镰刀,弯下了身子,开始割麦。

嚓,一镰;嚓,又是一镰。

割着割着,我忽然嗅见,麦地中散发出的大哥身上那种亲切的汗腥味。

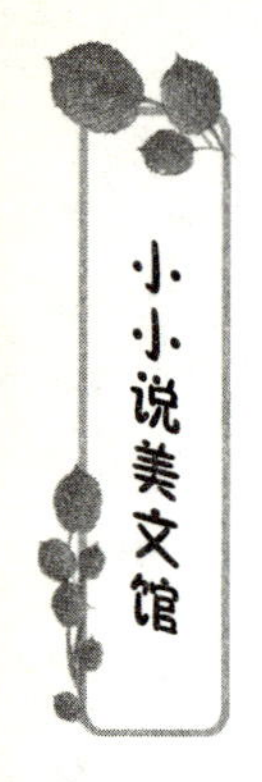

乡长的口头禅

吕　斌

乡长李成功进屋，看见我吃苹果，笑眯眯地说："吕秘书你太腐败了吧？"

他把我昨天写的一个扶贫总结材料放在桌子上，说："这个材料写得实在，咋做的就咋说，不添枝加叶，报上去吧。"

看着我拿着的苹果，他仍旧笑着说："我小时候，母亲过年才给孩子们买几个苹果，每次吃都是切开一个苹果，一人一牙儿，你一次一个人就吃一个，我看着都不忍心，太敢下口了。"

我舒了一口气，他这个人有个口头禅，开口闭口"我小时候"。我不以为然地说："你小时候是啥日子？现在是啥日子！"

他叹气，望着窗外，告诉我，他小时候父亲进城打工出意外去世了，母亲有病干不了重活儿，后来长年卧床不起。乡亲们看他家可怜，这个送粮，那个送钱，有的送旧衣物……他念书的钱都是村里乡里救助的，他是乡亲们养大的。他叹息着说："从那时候起，我就珍惜每一粒粮食，每一分钱，乡亲们的恩情我一辈子都忘不了……人要有感恩的心……"

我终于明白他为什么总那么小气，只有经历过"没有"的日子才会格外珍惜"有"。

他从回忆中回过神来，说："明天去南山村，给两个单身老汉送面粉，你

跟我去。”说完出去了。

乡长是本乡本土长大的，农学院毕业，毕业分配到乡农科站当技术员，后来升了站长。因为他常年身披尘土、一身汗水地在各个村跑，和老百姓打成一片，和村干部关系整得杠杠的，去年选乡长，他本来不是候选人，代表们硬是选了他。

他说：“我出身农民，适合当农民，当不了官。”

代表们都是各个村的村主任和村民，大家都纷纷说：“我们本来就不是在选官，是选个我们农民的代表，选你就对了。”

早晨，我跟在乡长身后顺着走廊朝门口走，看见乡长穿的裤子太旧了，屁股上还粘着泥巴，肯定又是下乡帮农民干活儿时留下的。

我提醒他说：“你的裤子太旧了，裤腿都破了，你屁股上还有泥没擦净，当站长的时候行，当乡长了，得注意形象。”

他笑容满面，不以为然地说：“乡长多大的官呀，再说这个乡谁还不认识我？”

我们骑着自行车,一人驮着一袋面粉出了乡政府大门。路上碰见人我都不好意思抬头,太掉价了。乡长上任后,下乡就没坐过小汽车,说是骑自行车可以随时跟老百姓接触。

他见我老是看他的裤子,就解释说:“我小时候家穷,买不起新衣裳,总是把别人给的旧衣裳补了又补,我就养成了穿旧衣裳的习惯,一穿新衣裳就不自在。”

他呀,三句话不离小时候。

这一路不断有农民跟他打招呼,到南山村快晌午了,我们把两袋面粉送到两个单身老汉家里,就到了吃晌午饭的时间。

几十里路,返回乡里吃饭不赶趟了。

他带着我到村主任家,村主任惊诧地上来握着乡长的手说:“你哪次来也不给个动静,啥时候来的?”

乡长说:“早晨就到了,晌午饭我在你们家吃了。”

村主任说:“好哇好哇,这回可不能再吃小米饭、葱蘸酱啦。”

乡长说:“就小米饭、葱蘸酱,上别的我就不吃。”

村主任看我,我说:“乡长小时候吃惯了小米饭、葱蘸酱,你就让他吃那个吧。”

村主任问我:“你呢? 上两个炒菜,上点儿荤的。”

我说:“拉倒吧,我敢在乡长面前腐败?”

村主任媳妇一阵忙活,端上桌的是小米饭、葱蘸酱,又上了一个西红柿炒鸡蛋、一个烧茄子。

乡长大口吃着小米饭、葱蘸酱,吃得大汗淋漓,满足地对村主任和他媳妇说:“我小时候家里穷,小米饭都吃不上,更别说葱蘸酱了,吃玉米面掺白菜叶子……”

得,乡长小时候的话题又开始了。